蒼天行盜
第二輯
卷3
絕情絕殺
石章魚 著

黑暗不會持續太久
黎明很快就會來臨

目錄

CONTENTS

第一章

格殺勿論

眼前屠殺現場，葉青虹突然感到一陣噁心，嘔吐起來，
羅獵輕輕拍著她的後背，道：「忍一下。」
羅獵的判斷是正確的，巡捕接到了上頭的命令，
對遊行的這些人格殺勿論。

羅獵之所以忍耐更主要是因為葉青虹，剛才葉青虹的表現讓他懷疑她可能有了身孕，在這種狀況下顯然是不適合跟別人動手的，更何況，遊行隊伍有一千多人，他們才只有兩個，車砸了可以再買，若是人有什麼麻煩後悔就來不及了。

羅獵擁著葉青虹就走，那群砸車的人望著他們愣了一會兒，突然聽到一個人叫道：「打倒資本家，打倒吸血鬼！」馬上就有人跟著叫了起來。這一聲聲口號更讓群情激昂的這幫人血脈賁張，他們一起動手將那輛被炸得面目全非的車掀了個底兒朝天。

羅獵知道葉青虹心裡不爽，低聲勸她道：「舊的不去新的不來，回頭我送給你一輛。」

葉青虹氣得撅起櫻唇，嘴唇快能掛油瓶了，她基本上是讓羅獵推著走。

突然有一人道：「別讓這兩個吸血鬼走了。」

葉青虹心裡這個氣啊，車讓你們砸了，還說我們是吸血鬼，是不是有點太欺負人了，可她也明白現在不是理論的時候，跟著羅獵只當沒有聽見，爭取快步離開人群，羅獵看到前邊的小巷，準備帶著葉青虹進入小巷，擺脫這些遊行的人。

可後面有人包抄了過來，想要將巷口堵上。羅獵牽著葉青虹的手，兩人快步進入小巷，可來到小巷前不由得傻了眼，這是一條死巷，一眼就看得到頭，根本沒有出路。

羅獵讓葉青虹進入小巷，自己擋在巷口轉過身來。

此時已經有不少人圍了上來，那群被仇恨蒙蔽雙眼的人惡狠狠盯住了羅獵，不知為何，羅獵不由自主想起了在甘邊遭遇殭屍的事情，這些人雖然沒有被病毒感染，可是他們的眼神同樣偏執，更為偏執的應當是他們的腦子吧。

羅獵道：「各位誤會了，我們只是路過，還請大家不要針對我們。」

有人道：「車就是他們的，你看他們穿的，一件衣服就夠我們一年糧食。」

羅獵心中暗歎，仇富也是一種病。

葉青虹看到群情洶湧，心中也不禁有些害怕，她提醒羅獵道：「小心！」揚聲威脅道：「你們快點散開，不然我們報警了。」

有人叫道：「報警？員警來了我們一樣不怕。」「對！」「對！」「憑什麼他們作威作福。」「憑什麼他穿那麼好的衣服，開那麼好的車？」「憑什麼他娶那麼美的老婆！揍他！揍他！」

羅獵已經看出這群人已經被嫉妒沖昏了頭腦，葉青虹看到那麼多人堵住巷口，她也不由得有些心驚，小聲道：「老公，我有槍。」

羅獵搖了搖頭，一把槍裡才有幾顆子彈，這群人完全被憤怒沖昏了頭腦，如果鳴槍嚇不走他們，事情肯定會變得更糟糕。

葉青虹轉身看了看，向後走了幾步，從地上撿起了一根竹竿，遞給了羅獵，有個武器在手總算好一些，她也看出羅獵不能輕易殺人。

羅獵竹竿在手，大聲吼叫道：「各位朋友，我們夫婦只是路過，無意冒犯你們，大路朝天，各走一邊！大家就此散去如何？」他的話顯然沒有起到任何作用，聽到一人叫道：「揍他！」

早已被嫉妒和仇恨沖昏頭腦的那群人蜂擁而上，他們一個個爭先恐後地衝了上去。

小巷的獨特地理特徵決定了這群人不可能同時衝進來，羅獵手中竹竿一抖，宛如一條靈蛇一般，啪！啪！啪！左右開弓抽打在衝在最前方的幾人臉上，羅獵並不想要他們的性命，可是也不能讓他們衝入小巷傷害到葉青虹，慘叫聲接連傳來，幾人被羅獵阻擋住前進的勢頭。

馬上又有更多的人衝了進來，羅獵憑藉這根竹竿挑點拍抽，將進攻者阻擋在巷口處，他向葉青虹道：「鳴槍！」

葉青虹將袖珍手槍從手袋中取了出來，她舉槍瞄準了天空扣動扳機，呯！槍響，嚇得眾人都是一震，不過他們很快就重新衝了上去。

「有槍了不起？殺了他們！」

葉青虹看到他們不顧一切地衝上來，自己剛才的鳴槍非但沒有起到震懾的作用，反而讓他們變得更加瘋狂，嚇得俏臉失去了血色。她對準天空又連開了三槍，希望槍聲能夠驚動附近的軍警。

啪！羅獵手中的竹竿終於承受不住連續擊打的壓力，從中斷裂。羅獵也被激起了怒氣，他怒吼道：「誰再敢往前，我就不客氣了！」他的聲音馬上被對方的喊殺聲淹沒。

羅獵英俊的面龐上殺氣漸漸浮現，就在此時，外面突然傳來槍聲，槍聲過後是哭喊聲。

槍聲變得越來越密集，原本堵在巷口的人也嚇得放棄了攻擊羅獵和葉青虹，紛紛四散而逃。

葉青虹來到羅獵身邊，驚喜道：「有人來救我們了。」

羅獵卻指了指圍牆上方，他先托著葉青虹爬了上去，然後自己迅速爬到了圍牆上，牽著葉青虹的手，來到房頂之上，羅獵示意葉青虹趴下來隱蔽，舉目望去，只見剛才的大街上到處都是驚慌逃竄的人們，荷槍實彈的巡捕已經聞訊趕來，他們舉槍就射，現場已經死了不少人，葉青虹也沒有想到巡捕會對遊行的隊伍展開射擊，雖然這些遊行的人很可惡，砸了她的汽車，還攻擊他們，不過在葉青虹看來他們罪不至死。

望著眼前的屠殺現場，葉青虹突然感覺到一陣噁心，忍不住嘔吐起來，羅獵輕輕拍著她的後背，低聲道：「忍一下。」羅獵的判斷是正確的，這些巡捕已經接到了上頭的命令，對遊行的這些人格殺勿論，如果剛才他們不及時選擇躲避，很可能也會被當成遊行的人，遭到同樣的待遇。

等到那群巡捕追殺去了遠方，羅獵才帶著葉青虹沿著屋頂來到了另外一條街巷回到了路面上，葉青虹其實也是見慣了殺戮場面，可今天反應格外強烈，感覺雙腿都軟了，虛弱地靠在羅獵的身上。

羅獵左顧右盼，因為最近罷工潮越演越烈，大街上竟然看不到一輛黃包車，他乾脆將葉青虹抱了起來。

葉青虹道：「不用，我自己能走。」

羅獵道：「聽話！」

羅獵帶著葉青虹來到醫院，他首先給葉青虹掛了個產科，葉青虹化驗後坐在休息區等結果，她向羅獵道：「你別陪著我了，我沒事，去看白雲飛吧，我就不去了，在這兒等結果。」

羅獵點了點頭，讓葉青虹在這兒休息，自己趁著這會兒功夫去探望白雲飛。

原本葉青虹買過果籃了，可剛才遭遇遊行隊伍的時候，他們忙著離開汽車根本沒時間顧及果籃的事情，羅獵去醫院外買了果籃，然後去看白雲飛。

白雲飛已經動過手術，體內的子彈取出來了，所幸沒有傷及要害，現在正躺在特護病房內，聽聞羅獵來了，白雲飛讓人幫忙將床搖了起來，看到羅獵拎著果籃走了進來，白雲飛笑道：「你怎麼來了？」

羅獵道：「探望朋友有什麼奇怪的。」他將剛買的果籃放在床頭櫃上。

「坐！」白雲飛道。

羅獵在床邊坐下，白雲飛的管家常福泡了杯茶送到羅獵手上，白雲飛道：「常福，這裡沒你事了，先出去吧。」

常福離開後將門從外面帶上。

白雲飛道：「這兩天外面不太平吧？」

羅獵點了點頭道：「到處都在罷工遊行，剛才來醫院的路上還遇到了一支遊行隊伍。」

白雲飛歎了口氣道：「有人在刻意挑起工人和我們這些人的矛盾，說我們是

洋買辦，說我們是吸血鬼賣國賊。」

羅獵道：「整個黃浦都亂糟糟的，死了不少人。」

白雲飛道：「有人想要將黃浦重新洗牌，渾水好摸魚，不搞亂黃浦，他們怎能如願？」

「你傷沒事吧？」

白雲飛點了點頭道：「不是什麼重傷，幾槍都沒有打中我的要害。」

羅獵道：「張凌空那邊也險些被人給炸死。」

白雲飛道：「總有人不想租界太平。」

羅獵道：「有沒有查到是什麼人幹的？」

白雲飛搖了搖頭。

羅獵抬起手腕看了看時間：「我還有事，先走了。」

「這麼快？凳子都沒坐熱。」白雲飛還有些話想跟羅獵說，想不到他這麼快就提出告辭。

羅獵笑道：「真有事，改天我再來看你。」

回到葉青虹身邊，看到葉青虹仍然坐在原處等著，羅獵走過去，摸了摸她的頭頂，葉青虹抬頭笑了笑：「去看看結果出來了沒有。」羅獵拉著她起來，兩人來到醫生的診室，化驗單已經出來了。

醫生向兩人道：「恭喜了兩位！」

葉青虹道：「什麼意思？」一顆芳心怦怦直跳。

羅獵卻已經明白了，不過仍然想確定一下：「醫生您是說？」

醫生笑道：「先生，你要當父親了。」

羅獵雖然早有心理準備，仍然因這個消息欣喜若狂，他一把將葉青虹抱了起來，葉青虹笑道：「你放下，你放下我，又不是第一次當爹，你至於嗎……」話說完頓時意識到失言了，俏臉通紅。

醫生聽得糊裡糊塗，羅獵意識到自己的失態，向醫生道謝之後，帶著葉青虹離開，兩人來到外面，羅獵笑道：「你可是第一次當媽啊！」

葉青虹紅著俏臉道：「我已經是小彩虹的媽媽了，不過懷孕……第一次。」雖然她將小彩虹視為己出，可是仍希望擁有一個自己的孩子，她不會因為這個孩子的出生而分薄對小彩虹的愛，在葉青虹的心中早已期待這個生命的到來，她甚至希望她和羅獵的愛情結晶能讓羅獵改變主意，促使他不去兌現什麼九年之約。

不過葉青虹又知道，以羅獵的性情他是斷然不會改變的。

羅獵笑道：「太好了，最好是個兒子，我們一子一女湊成一個好字。」

葉青虹道：「討厭你，都是你做的好事。」

羅獵笑道：「你不想要孩子？」

葉青虹皺了皺可愛的鼻翼：「只是感覺有些突然，還沒有心理準備。」

羅獵道：「走，回家，咱們把這個消息告訴小彩虹，讓她也開心一下。」

葉青虹抓住羅獵的手道：「她不會不開心吧？」

「怎麼會？她經常在我面前說想要一個小弟弟陪她玩呢。」

葉青虹這才開心地挽住羅獵的手臂，兩人往外走的時候，遇到了前來看病的麻雀，麻雀因為天氣的緣故受了涼，本不想來醫院，可又發了燒，所以只能過來輸液。

正面相遇，總不能迴避，麻雀望著卿卿我我的兩人，心中宛如針扎一般。

葉青虹主動招呼道：「麻雀，你也來醫院啊。」

羅獵關切道：「怎麼了？生病了？」

麻雀用手帕捂住口鼻：「沒事，真巧啊，你們誰生病了？」

羅獵笑道：「來看人！」

此時一個身穿皮風衣的男子大步走了進來，他走向麻雀道：「麻雀，聽說你生病了，你怎麼不跟我說啊？」

麻雀向那男子笑了笑，笑得有些勉強：「昊東，你怎麼知道我在這裡？」

那男子道：「我有得是辦法。」他此時目光方才留意到羅獵和葉青虹，這男子三十歲左右，身材高大，相貌英俊，一雙劍眉下雙目深邃，摘下手套主動向羅獵伸出手去：「羅先生吧，我聽麻雀提過您，我叫陳昊東，是麻雀的好朋友。」

羅獵和陳昊東握了握手：「李先生好，認識您很榮幸。」

陳昊東道：「我也一樣。」

羅獵將葉青虹介紹給陳昊東認識：「這是我太太葉青虹。」

陳昊東微笑頷首示意。

羅獵並不想久留，他和兩人道別之後帶著葉青虹離開。

麻雀望著兩人的背影注目良久，陳昊東道：「你對他們很好奇啊？」

麻雀明顯有些不高興，冷冷道：「要你管！」

陳昊東道：「葉青虹是不是懷孕了？」

麻雀以為陳昊東是在故意刺激自己，怒視陳昊東。

陳昊東道：「你看她幾乎把身體都依偎在羅獵懷中，羅獵也很呵護她，正常情況下夫婦不是這個樣子。」

「那是什麼樣子？你結過婚嗎？」

陳昊東絲毫不在意麻雀對自己的搶白，輕聲道：「肯定是了。」

醫院門口的黃包車同樣稀少，羅獵躬身示意葉青虹爬到自己背上，葉青虹笑道：「幹什麼？真把我當病人了？」

「我是怕你累著。」

葉青虹道：「你是怕你兒子累著。」說完她自己都忍不住笑了起來，順從地趴在了羅獵的背上，羅獵將她背起，葉青虹道：「這麼遠的路，你背得動嗎？」

羅獵道：「背得動，背一輩子我都背得動。」

葉青虹摟住他的脖子，俏臉貼在他的臉上：「你自己說的，不能反悔，你要背我一輩子，永遠，永遠都不可以離開我。」

羅獵當然明白葉青虹這番話的含義，背起葉青虹繼續向前面走去：「你說咱們給兒子起個什麼名字？」

葉青虹知道他在故意岔開話題，雖然心中有些失落，卻也明白不該在這個話題上繼續執著下去：「你怎麼知道是兒子？如果是女兒呢？」

「女兒我也喜歡，像你一樣漂亮。」

葉青虹道：「老公，咱們出去玩好不好，我一點都不喜歡現在的黃浦。」

羅獵點了點頭，的確，最近的黃浦不夠太平，今天發生的事情就讓葉青虹受到了驚嚇，眼下已經進入了冬季，距離張長弓的婚期不遠，他想了想道：「回頭跟張大哥商量一下，看看能不能提前動身回滿洲，咱們幫他準備婚禮，順便去蒼白山過個年。」

葉青虹欣喜道：「太好了。」她又想起來一件事：「對了，我忘了一件事，虞浦碼頭附近可能有沉船。」

羅獵想起今天釣到的螺螄青肚子裡的那把短劍：「沉船？」

葉青虹道：「我也是看到那柄短劍想起來的，我之所以提出用虞浦碼頭交換藍磨坊的地皮，不是因為碼頭本身，而是因為幾年前曾經聽穆三爺說過，他說虞浦碼頭下方有一艘沉船，那艘沉船應該是大明宣德年間沉沒的，說是有一些倭人通過非法途徑弄了一大批國寶，想要偷運回國，可風聲不知怎麼洩露，倭寇帶不走這些寶貝，又不甘心落在明朝軍隊的手裡，於是他們就將船底打了個洞，將船沉入了浦江。」

羅獵道：「如果這件事是真的，這些年為什麼沒有人打撈沉船呢？」

葉青虹道：「我不清楚，不過穆三爺說過，他的物業之中，最寶貴的就是虞浦碼頭，不知是不是這個緣故。」

羅獵道：「改天我潛入水底看看不就知道了，不過虞浦碼頭的那一段是浦江最深的地方。」

葉青虹道：「就是看到那柄短劍所以說說，你可別多想，有沉船又怎麼樣？難道你還想把寶貝撈出來不成？大財迷。」

羅獵笑道：「我又不缺錢，我老婆有的是錢。」

葉青虹呸了一聲：「沒羞沒躁。」

罷工仍在繼續，發生在租界的慘案進一步激化了局勢，整個黃浦都已經進入了混亂狀態，在這種特殊狀況下，經過政府官員的緊急磋商，決定先在租界範圍內實施戒嚴，租界外的重點區域也開始進行軍管。

可以說這是任天駿擔任黃浦督軍以來面臨的最大挑戰，他本想趁著兒子恢復向好的這段時間多陪陪他，可現實卻讓任天駿不得不忙於諸般事務，看到任餘慶的小臉上又沒了笑容，任天駿擔心前功盡棄，問過兒子，小餘慶提出要去找小彩虹玩，於是任天駿硬著頭皮向羅獵提出把兒子送去玩幾天的要求。

羅獵夫婦對此卻表現出極大的歡迎，任天駿親自把兒子送到了羅家。

小餘慶比起此前來做客的時候，明顯健談了許多，他和小彩虹兩人你一言我一語聊得開心。

葉青虹端著果盤過來給他們吃。

小彩虹驕傲地指著葉青虹的肚子向小餘慶道：「小哥哥，你知道嗎，我就快有弟弟了。」

小餘慶道：「弟弟？我沒看到啊。」

小彩虹道：「我弟弟藏在媽媽肚子裡，等他長大就出來見面了。」

葉青虹被他們兩個小傢伙逗得笑了起來。

小餘慶道：「不對啊，人家的肚子都好大好大，像皮球一樣，為什麼阿姨的肚子不大？」

葉青虹道：「真是讓你們笑死了，就算是西瓜也要一點點長大。」

小餘慶望著葉青虹的肚子充滿好奇道：「為什麼阿姨肚子會一點點長大？」

小彩虹道：「是我爸爸的緣故。」

葉青虹一張臉羞得通紅，天哪，這孩子怎麼這麼早熟？難不成自己和羅獵親熱的時候被她看到了？真是羞死人了。

小餘慶問道：「羅叔叔怎麼把阿姨的肚子……」

葉青虹趕緊制止：「打住啊，你們兩個小鬼頭說什麼？別胡說八道。」

小彩虹道：「沒胡說，我看到爸爸昨天摸你肚子，一定是爸爸給摸大的。」

葉青虹恨不能找個地縫鑽進去：「去！那邊玩去，媽媽要休息。」

羅獵此時笑瞇瞇走了過來，葉青虹沒好氣地瞪了他一眼，羅獵知道她懷孕脾氣不好，問過之後才知道怎麼回事，樂得羅獵把肚子都笑疼了，葉青虹氣得揪住他的耳朵：「都怪你，以後離我遠點兒，讓孩子看到我以後怎麼面對她，羞都羞死了。」

羅獵道：「那我去跟她解釋，爸爸不可能把媽媽的肚子摸大。」

葉青虹忍不住笑了起來：「壞蛋，壞死了你。」

羅獵微笑望著遠方，兩個孩子正在嬉鬧，葉青虹道：「老公，這兩個孩子玩得多好啊，你說他們長大了會不會成為一對兒？」

羅獵笑道：「他們還是孩子啊！」

葉青虹笑道：「我知道是孩子，我就是說，你說會不會嘛。」

羅獵道：「當然是他們自己做主。」

葉青虹望著羅獵然後道：「怎麼感覺你突然變得老氣橫秋的。」

羅獵道：「等孩子們都大了，我就老了。」

葉青虹道：「不怕，等你老了，我就陪著你每天坐看夕陽，你說好不好？」

「好！」

陳昊東的來訪讓羅獵多少有些詫異，他們之間除了上次在醫院的匆匆一悟，其他方面並沒有接觸，不過陳昊東馬上表明了自己的來意：「羅先生，我今天來訪的確有些冒昧。」

羅獵和他握了握手道：「陳先生請坐，這裡條件有限，不用客氣啊。」這裡是虞浦碼頭的辦公室，還未完全整理完畢。羅獵起身去泡茶：「陳先生喜歡紅茶還是綠茶？」

陳昊東道：「我給羅先生帶了普洱過來，不然咱們嘗嘗。」

羅獵笑道：「陳先生太客氣了。」他將陳昊東請到茶海旁邊坐下，取了茶具，煮水泡茶。

陳昊東道：「我今天過來，其實是有事和羅先生商量。」

羅獵將泡好的一杯茶遞給他，陳昊東又說了聲謝謝，端起茶盞嗅了嗅茶香然後抿了口茶。

羅獵讚道：「這普洱不錯。」

陳昊東道：「我在滇南有一座茶山，茶山上有兩株千年古茶樹最為珍貴，這茶葉就來自那裡。」

羅獵道：「原來陳先生是做茶葉生意的？」

陳昊東道：「只要賺錢的生意我多少都涉獵一些，不過算不上成功，都是些小生意。」

羅獵笑道：「陳先生過謙了。」心中隱然猜到這次陳昊東的到來應當是為了生意上的事情。

陳昊東道：「是這樣，我來黃浦不久，考察了幾家碼頭，可看來看去，還是覺得這虞浦碼頭和我有眼緣，所以冒昧登門，看看羅先生能否割愛出讓。」

羅獵道：「陳先生，這碼頭我們剛剛改建不久。」

陳昊東道：「五十萬大洋，我想整個黃浦不可能有人比我的出價更高。」

羅獵承認他說的是實情，虞浦碼頭的市場價不可能超過三十萬。他笑道：「我想陳先生誤會了我的意思，我們暫時沒有出售虞浦碼頭的打算。」

陳昊東道：「一百萬，這是我能給出的最高價格，如果羅先生願意，我隨時可以讓人把錢給您送來。」

羅獵被此人的出價震撼到了，雖然羅獵過去也見識過許多的有錢人，可是像陳昊東這種還真是不多見。

羅獵微笑道：「陳先生的確很有誠意，不過我還是不想賣。」

陳昊東道：「經商者沒有人會和錢過不去，羅先生不需要急著回絕我，您可以回去和尊夫人商量一下，看看能否割愛，這虞浦碼頭，我志在必得。」這句話不但顯示出他的決心，也彰顯出他的狂妄。

表明了自己的態度，陳昊東起身告辭，羅獵並未送他出門，對這個狂妄的傢伙羅獵沒有太多的好感。

羅獵產生了一種預感，這個陳昊東很可能知道虞浦碼頭的秘密，不過葉青虹曾經說過，關於虞浦碼頭沉船的事情她從未對任何人說過。那天自己和張長弓釣魚的時候，也沒有其他人在場。

羅獵來到碼頭外面，向周圍看了看，他想到了兩種可能，一是陳昊東早就知道虞浦碼頭的沉船之秘，還有一種可能就是一直有人監視著他們，他和張長弓從青魚肚子裡發現短劍的時候，被監視的人看到。

羅獵對陳昊東的來歷產生了一些興趣，想要瞭解陳昊東這個人，最好的辦法就是去問麻雀，可是以麻雀現在對自己的抵觸心理，她未必肯對自己說實話，羅獵考慮了一下還是決定去找程玉菲，也算是曲線救國的路線吧。

程玉菲早已恢復了正常的工作，那次被劫持之後，她聽從了羅獵的奉勸，暫時停止了追查軍火走私一案，羅獵說得不錯，就算她找到了證據，找到了罪犯也解決不了任何的問題，真正的罪惡之源是這個社會。

程玉菲見到羅獵前來，少不得說幾句風涼話：「羅先生，你可是無事不登三寶殿，我還以為你新婚燕爾，只顧著卿卿我我，把我這個朋友給忘了呢。」

羅獵笑道：「最近忙著碼頭改建工程，這不剛閑下來就想起請你吃飯了。」

程玉菲整理了一下文件道：「別兜圈子了，你是什麼人，我多少還是瞭解一些的，說吧，是不是有什麼事情讓我幫忙？」

羅獵道：「你這麼一說我還真沒什麼事，吃飯！走，我請你去吃法餐！」

程玉菲道：「不吃白不吃，誰讓你有錢。」

羅獵很認真地解釋道：「我沒錢，不過我老婆有錢。」

程玉菲禁不住笑了起來：「嫂子知道你花她的錢請我吃飯，會不會吃醋？」

羅獵道：「這事兒我不說你不說沒人知道。」

程玉菲笑道：「羅獵啊羅獵，你也不是個老實人。」

這間法餐廳很好，過去羅獵經常和葉青虹來這裡，不過自從葉青虹懷孕之後，口味就變得重了許多，不喜歡味道淡泊的法餐，卻喜歡上了又麻又辣的川菜，羅獵因她口味的改變偷偷猜想葉青虹很可能懷的是個女孩，常言不是說酸兒辣女嗎？

程玉菲切了塊牛排，吃了一小口，又優雅地喝了口紅酒，很陶醉地閉上了眼睛，感歎道：「有錢真好，對我來說這樣的生活實在是太奢侈了，不敢想像。」

羅獵道：「別哭窮了，你收入也不低。」

程玉菲道：「還說，最近幾件案子都不順利，現在生意清淡了許多，羅獵，你說是不是你克我啊？」

羅獵笑了起來，端起紅酒跟她碰了碰杯，喝了口酒道：「我最近也不順啊，前幾天車都被人給砸了，還幾次被人圍毆，我還懷疑是你給我帶來的楣運呢。」

程玉菲道：「這麼嚴重啊，我都沒聽說，不過最近沒事還是少出門，到處都在罷工遊行，哪兒都不太平。」

羅獵道：「這兩天倒是好點了，租界開始戒嚴，外面也實施軍管，罷工還在繼續，可遊行倒是少了。」

程玉菲道：「這也難怪，老百姓的日子越來越艱難，就快活不下去了。」她將刀叉放下：「你們這些有錢人是不是考慮多做做慈善？」

羅獵道：「一直在做，不過我們的力量也只能算是杯水車薪，改變不了整個社會。」和程玉菲相比他擁有更完整的歷史觀，他知道這一階段也是中華歷史所必然要經過的黑暗。

程玉菲道：「前兩天我破了一個盜竊案，案犯找到了，家徒四壁，妻子病死了，老娘臥病在床，一雙兒女餓得皮包骨頭，我雖然破了案，可卻感覺自己像做了一件很大的壞事一樣，我現在終於明白你此前的做法了。」

羅獵道：「在這樣的環境中生存，我們首先要做好自己，對得起自己的良心，做力所能及之事，其他的事情順其自然，相信我，**黑暗不會持續太久，黎明很快就會來臨**。」

程玉菲微笑端起酒杯道：「敬你，我的大預言家。」

羅獵跟她碰了碰酒杯，喝了口酒道：「你認不認識陳昊東？」

程玉菲聽到這個名字愣了一下，她將酒杯放下，一旁的侍者過來給兩人添上紅酒，侍者離開之後，程玉菲方才道：「認識，也就僅限於認識，他和麻雀不錯，而且他最近好像在追求麻雀。」

羅獵道：「有沒有他的一些資料？」

程玉菲警惕地望著羅獵：「怎麼？你該不是心裡不舒服了吧？」

羅獵笑道：「想哪兒去了，陳昊東今天去找我，提出要購買虞浦碼頭。」

程玉菲恍然大悟：「我就說你這人沒事根本不會來找我，果然有目的。」

羅獵道：「別把我看得那麼現實。」

程玉菲道：「人還是現實點好，我過去一直覺得自己很現實，可後來才發現自己其實是個理想主義者。」說完這句話她回到了正題：「陳昊東那麼有錢？他有錢買碼頭？」

從她的這句話羅獵就判斷出程玉菲對陳昊東也不太瞭解，點了點頭道：「你知不知道他給我開了什麼價錢？」

程玉菲搖了搖頭，對生意上的事情她不感興趣。

「一百萬大洋！」

程玉菲瞪大了雙眼：「一百萬大洋買你那個小碼頭，他瘋了！」說完之後方才看到羅獵有些鬱悶的表情，笑道：「不好意思，我沒有貶低你的意思，不過這是一筆好生意啊，冤大頭送上門，這陳昊東就是個善財童子，作為朋友我給你個建議，不妨把碼頭賣給他，反正你喜歡碼頭，大可拿著這筆錢去買兩三個，搞不好四五個。」

羅獵道：「你覺得陳昊東是個傻子嗎？」

程玉菲道：「他如果真買了他就是個傻子，可如果你不賣，你就是傻子。」她打量著羅獵：「你肯定不是傻子，你不願意賣給他，證明這碼頭的價值絕對不止一百萬，遠遠不止。」

羅獵歎了口氣道：「現在的女人都那麼聰明嗎？」

葉青虹偎依在羅獵的懷中，柔聲道：「我聽說女人生過孩子之後會變笨，不知是不是真的？」

羅獵道：「不是生過孩子，是一孕傻三年。」

葉青虹道：「你嫌棄我笨啊，你會不會背著我做對不起我的事情？」

羅獵道：「你覺得呢？」

葉青虹點了點頭道：「很有可能。」

羅獵笑道：「你一點都不笨。」

葉青虹笑著在他胸口打了一拳，然後又趴了上來，一條美腿常春藤一樣繞在了羅獵的身上，羅獵道：「碼頭的事情你怎麼想啊？」

葉青虹道：「我才不管呢，我現在啊，就老老實實在家裡養著，外面的事情都是男人的事，你總不能讓一個孕婦去拋頭露面吧？」

羅獵點了點頭道：「也對啊。」

葉青虹道：「不過，那個陳昊東我不喜歡，雖然只見了一次面，總覺得他的身上帶著一股說不出的邪氣。」

羅獵道：「我也不喜歡。」

葉青虹道：「你不喜歡是不是因為他追求麻雀啊？」

羅獵笑道：「別胡說八道，你明明知道我對麻雀沒什麼的。」

葉青虹道：「你是不是懷疑他知道虞浦碼頭可能有沉船的事情？」

羅獵道：「很有可能，不過這個人的底我不清楚，我已經讓人幫著查了。」

葉青虹道：「程玉菲。」

羅獵道：「誰說一孕傻三年的？你這頭腦比過去還要聰明啊。」

葉青虹道：「程玉菲和麻雀是好朋友，她居然背著麻雀幫你查陳昊東，證明你們的關係很不一般啊。」

羅獵道：「朋友！」

葉青虹道：「別解釋，我對你的魅力很有信心。」

羅獵道：「你應該對自己的魅力更有信心。」

葉青虹用腿蹭了蹭他的兩腿之間，嬌滴滴道：「你這段時間能夠忍得住？」

羅獵道：「傷自尊了，我去陪女兒睡。」

「不許！」

「生氣了！真生氣了！」

「人家錯了還不行，人家錯了嘛，老公。」

羅獵佯怒，指著她的鼻子道：「你最好給我記住，以後不許你勾引我……」

「老公……」

第二章

白骨壕溝

陳昊東願意花這麼大的代價購買虞浦碼頭，
難道就是為了白骨壕溝？是否他早已知道裡面的秘密？
又或者他故意開出高的價格，從而吸引自己的注意力，
其真正用意是要將自己引入一個圈套中。

羅獵決定潛入水中看看，在下水之前，他和張長弓、鐵娃特地將碼頭仔仔細細檢查了一遍，又看了看周圍，特地選了一個盲區下水，已經是初冬季節，江水寒冷，羅獵親自設計找人製作了一套潛水服。

下水之前，張長弓開了一瓶酒，遞給羅獵道：「喝點兒，暖暖身子。」

羅獵笑道：「不喝了，等我上來再說，萬一醉倒在江裡豈不麻煩？」

張長弓拍了拍他的肩膀：「小心啊！」

羅獵點了點頭，戴上頭套潛入水面之下，羅獵利用智慧種子的知識製作了不少的新奇裝備，這些裝備遠超當今時代的科技水準。羅獵不停下潛，根據自製的水深表可以看出，他目前已經來到了水下三十米的地方，仍然沒有看到江底河床的徵象。

羅獵繼續下潛，浦江水質一般，可見度稍差，他只能看清周圍五米左右的樣子，在下潛五十米的時候，他終於看到了底部，有幾條魚在他的身邊游走，羅獵沿著河床的底部潛游，在周圍搜索有無沉船的存在。

在下方找尋了五分鐘左右，看到一個銹蝕的鐵錨，在鐵錨的旁邊有一些斷裂的船體，在這一帶的區域目光所及可以看到一些瓷器，看來這一區域應當有沉船，不過沉船早已解體，裡面的東西也大都散落，分佈在很大一片區域內。

羅獵粗略觀察了一下，目光所及的瓷器大都碎裂，他挑選了兩個相對完整的瓷器，準備向上游去，卻發現在前方不遠處的地方有一條壕溝，這條壕溝寬約兩米，沿著河床一直向前延伸，不知通到哪裡，羅獵向壕溝游了過去，未到近前已經看到溝內森森白骨，不知是心理作用還是壕溝本身水溫的問題，羅獵感覺水溫驟然下降，他向前游了十多米，看到壕溝內全都是白骨，決定暫時放棄，改變方向朝水面游去。

張長弓和鐵娃等得心急，看到羅獵終於上來，兩人伸手把他拉了上來，羅獵摘去頭罩，張長弓將早已開好的酒瓶遞給了他，羅獵灌了兩口酒。

鐵娃撿起羅獵撈上來的東西看了看道：「這破碗就是寶貝？」

羅獵在水下也沒看清，拿起那碗看了看，都是咸豐年間出品的普通貨色，心中不由得有些納悶，難道這碼頭附近沉沒的船不止一艘？

張長弓道：「有沒有找到沉船？」

羅獵道：「沒有發現完整的沉船，只是有些散落的東西和殘骸。不過我在下面看到了一條壕溝，裡面全都是白骨。」

張長弓道：「那麼邪門？難道是那些死去的水手？」

羅獵搖了搖頭道：「不可能有那麼多，那壕溝寬兩米，長可能有幾十米，甚至更長，裡面全都是白骨。」

張長弓和鐵娃雖然未曾親眼看到，可聽到羅獵的描述也不禁感到有些寒意，張長弓道：「可能在這一帶發生過海戰，那些白骨是死去的士兵，因為沉入河床深處，骨骼被水流推動，最後都沉到了那個壕溝裡。」

羅獵不否認張長弓說得有些道理，可是仍然認為應當下去再看看，他休息了一會兒，決定再次下水。

因為有了第一次下水的經驗，羅獵這次並沒有花費太大的功夫就找到了那條白骨壕溝，壕溝周圍的水溫的確比其他地方要冷，羅獵循著壕溝向上游游去，他越游越是心驚，這條壕溝的長度已經超過了五百米，還不知深度幾何，粗略的估計這條白骨壕溝內很可能藏著萬具屍體，當真是不擇不扣的萬人坑。

羅獵沿著壕溝潛游的時候，突然看到下方的白骨動了一下，他以為是錯覺，可定睛再看之時，那白骨又動了一下，從白骨堆內露出了一個長滿灰色毛髮的腦袋，羅獵此驚非同小可，他沒想到水下會有生物。

那怪物抬起頭來，恰恰被羅獵手中的光柱照了個正著，牠生著一張扁平的面孔，膚色慘白，一雙眼睛黑漆漆的，沒有眼白，臉上沒有鼻子，只有一張嘴巴也沒有耳朵，在耳朵的位置一動一動如同魚鰓。

羅獵望著這怪物的時候，怪物也望著他，此時壕溝內，白骨紛紛漂起，至少有十道灰色的身影從白骨壕溝內躥升出來。羅獵反應奇快，他第一時間將手中的探照燈扔了出去，然後迅速上浮。

那些怪物果然被燈光所吸引，一個個向水中的探照燈追逐而去，羅獵就快浮出水面之時，突然感覺到左腳足踝一緊，一股大力將他向水中拖去，羅獵毫不猶豫，右腳狠狠向下踏去，足底似乎踏中了一個腦袋，對方被羅獵一腳踢開，羅獵一鼓作氣向上游去。

羅獵爬回岸上，除掉頭罩，躺在岸邊大口喘息，過了一會兒方才平復下去。

張長弓留意到羅獵的左腳處潛水服被扯爛了，他的足踝被抓出了數道血痕，驚聲道：「你受傷了？」

羅獵道：「不妨事。」此時方才感覺到左腳足踝處疼痛難忍。

張長弓和鐵娃兩人將羅獵架回了辦公室，鐵娃找來醫藥箱，羅獵脫下潛水服，借著燈光看到的足踝有四道紫黑色的爪痕，張長弓也懂得清創傷口的步驟，為羅獵清理了傷口，羅獵強忍疼痛。

鐵娃道：「這是什麼東西抓的？」

羅獵道：「應該是水猴子。」

鐵娃道：「水猴子？我只聽說過，從未見過。」

羅獵道：「你最好一輩子別見……」因為疼痛他忍不住倒吸了一口冷氣。

張長弓道：「我送你去醫院，這傷口看來有毒。」論到自癒能力張長弓才是最強大的那個，羅獵沒有他這樣的本事。看到羅獵足踝上的爪痕深可見骨，張長弓不禁有些擔心了。

羅獵也沒有堅持，他點了點頭道：「好吧，去醫院處理一下，鐵娃，幫我把電話拿來。」

羅獵先給葉青虹打了個電話，因為他知道葉青虹肯定會等自己回家，如果知道他受了傷這一晚必然睡不好了，羅獵藉口張長弓心情不好，陪他喝酒聊天，讓葉青虹先睡，自己晚些時間回去。

給葉青虹交代完之後，張長弓和鐵娃將羅獵送到了附近的醫院，到醫院之後，羅獵就開始發燒，羅獵過去受傷的經歷自己都記不清楚了，不過他還從未有過這樣強烈的反應，左腳的足踝皮膚都已經發紫。

醫生詢問傷口的來由，羅獵就說不知被什麼東西抓了，反正他說水猴子醫生也不會相信，即便相信也不知道水猴子是何種生物。

醫生的處理辦法也就是對傷口再次進行了一遍消毒，給羅獵開了點藥。取了點傷口的樣本去化驗，羅獵從他對傷口的處理就看出這醫生水準有限，面對自己所受的傷根本無能為力。

羅獵仔細搜索著腦海中關於水猴子的知識，可除了傳說中的水猴子，就沒有其他的資料，至於水猴子抓傷的處理方法更是一點都沒有。雖然醫生堅持讓羅獵留院觀察，可羅獵仍然決定回家。

張長弓把羅獵送回家裡，羅獵的左腳腳踝已經腫得跟饅頭一樣了。

羅獵在一樓的客房休息，沒打算驚醒葉青虹，可葉青虹雖然接到他的電話，仍然沒睡，聽到羅獵回來的動靜，馬上下樓來迎接，剛好發現羅獵受傷的事實，羅獵看到無法蒙混過去，只能陪著笑道：「不小心崴到腳了，沒事，你去睡，我今兒在客房睡。」

葉青虹望著張長弓道：「張大哥，怎麼回事？」

張長弓不善說謊，支支吾吾道：「沒事，就是不小心……」

葉青虹蹲下去想拉開羅獵的褲腿，羅獵阻止她道：「別，你起來！」

葉青虹道：「你坐下！」

羅獵只能乖乖坐下，葉青虹讓他把褲腿拉開，羅獵老老實實拉開了褲腿，看到羅獵高高腫起的足踝，葉青虹鼻子一酸，眼淚禁不住流了下來：「你啊，居然騙我！」

羅獵笑道：「別哭，你別哭嘛，我這不是怕你擔心。」他朝張長弓使了個眼色，張長弓道：「那……弟妹我先走了。」

「別走！」

張長弓愣了，難不成葉青虹也要找自己算帳？

葉青虹歎了口氣道：「張大哥，您今兒就別走了，住客房吧，回頭有什麼事情還得麻煩您照應。」

張長弓本來就不放心，聽葉青虹這麼說馬上點了點頭道：「好，我把他先給背上去。」

張長弓把羅獵送回臥室，羅獵提醒張長弓今晚的事情千萬別告訴葉青虹，以免她擔心，張長弓信誓旦旦地點頭答應。

葉青虹隨後回到臥室，先給羅獵量了個體溫，羅獵的體溫已到了三十九度。

葉青虹道：「不行，得去醫院，你體溫好高，這傷口肯定有毒，你到底在什麼地方受的傷？」

羅獵道：「沒事，你別擔心，我睡一覺就好。」

葉青虹道：「可是你腳腫那麼高，我怎麼放心得下？」

羅獵道：「不妨事，別忘了，我腦子裡裝滿了未來的藥方。」他用這話安慰葉青虹，不過羅獵也沒覺得水猴子的抓傷有多厲害，他過去受過的傷比這嚴重得多了，他相信自己的體質，他一定能夠克服傷痛。

葉青虹聽他這麼說的確安心了一些，可現實卻並未如羅獵所說的那麼簡單，這一夜羅獵始終高燒不退，受傷處的膚色已經變成了紫黑，葉青虹一夜未眠始終關注著羅獵的狀況，看到羅獵的傷情不斷惡化，半夜又請來了醫生。

然而對羅獵的傷情，那位高明的醫生也是一籌莫展，天明時分，羅獵竟然開始說起了胡話。

葉青虹急得不知如何是好，她讓人去將有可能請到的名醫全都請來，可所有醫生在為羅獵進行診斷之後口徑都出奇的一致，他們對羅獵的奇怪傷情都沒有什麼太好的辦法，目前能做的就是對症治療，能否挺過這一關甚至痊癒全都要看羅獵自身的體質，還有一位醫生甚至提出讓葉青虹考慮給羅獵截肢，把葉青虹氣得當即就將他趕了出去。

對症治療還是起到了一些效果，羅獵在上午開始退燒，人也清醒了一些，不過受傷的地方並沒有絲毫的改善，小彩虹聽說爸爸病了，也來到床邊安慰。

葉青虹讓保姆將女兒帶走，一來讓羅獵好好休息，二來她希望羅獵能有一個冷靜思考的空間，畢竟羅獵掌握了許多超越現今社會的科技，也許能夠想到解決的辦法。

羅獵一直都在苦苦思索，不過他並沒有想到合適的應對方法，在智慧種子賦予的知識範圍內，根本沒有水猴子的具體說明，羅獵暗忖，所謂水猴子也只是他自己這樣認為罷了，也許那白骨壕溝內的生物並非是水猴子。

陳昊東願意花這麼大的代價購買虞浦碼頭，難道就是為了白骨壕溝？是否他早已知道裡面的秘密？又或者他是故意開出那麼高的價格，從而吸引自己的注意力，其實真正的用意是要將自己引入一個圈套中。

上午的時候，葉青虹接到了陳昊東的電話，陳昊東剛一說要談談虞浦碼頭的事情，葉青虹就不耐煩地打斷了，她現在滿腹心事，根本沒有興趣談什麼生意。

陳昊東道：「我聽說羅先生受傷了？」

葉青虹心中一怔，她已經讓人嚴密封鎖消息，可沒想到羅獵受傷的事情還是洩露出去了，按理說自己這邊的人中是不太可能洩露消息的，最大可能就是前來為羅獵診病的醫生，葉青虹道：「陳先生哪兒聽來的小道消息，我先生沒事。」

陳昊東笑道：「沒事最好，不過在下是醫學世家，對解毒療傷有些辦法，如果有需要，羅太太儘管吩咐。」

葉青虹聞言更覺得事有蹊蹺，陳昊東的這番話分明在暗示他不但知道羅獵受傷中毒，而且暗示他可以解毒，葉青虹現在也是沒有了其他的辦法，沉吟了一下道：「只怕我付不起陳先生的診金。」

陳昊東笑了起來，大家都是明白人，他沒必要掩飾自己的目的，清楚地說道：「我的診金也只有您給得起，虞浦碼頭！羅夫人不妨考慮一下，下午五點之前，希望能夠得到您的答覆。」

葉青虹放下電話，回到羅獵的身邊，將剛才陳昊東打來電話的事情告訴了他，羅獵聽她說完，唇角露出了一絲苦笑：「陳昊東這個人不簡單吶，他故意給出一個很高的價錢，引起我的興趣，他應該推測到我一定會下去看個究竟，依我看他對水下的情況非常清楚。」

葉青虹道：「如果他真的能夠幫你解毒，把虞浦碼頭送給他倒也沒什麼。」對葉青虹來說錢財並不重要，只要羅獵能夠平安無事，即便是拿她所有的財產去換，她也不會皺一下眉頭。

羅獵道：「他處心積慮地想要得到虞浦碼頭，證明碼頭肯定比我們想像中更加重要。」

葉青虹道：「那也不及你重要，我現在就給他打電話，把碼頭給他。」

羅獵搖了搖頭道：「不急！」

葉青虹道：「還不急？你看你的腳都變成什麼樣子了？如果時間拖得太久，萬一落下後遺症怎麼辦？」

羅獵道：「他不是說下午五點？」抬頭看了看時間，現在才上午九點一刻，距離陳昊東約定的時間還有七個半小時，羅獵道：「等著，也許會想出辦法。」

葉青虹道：「你能有什麼辦法？黃浦最好的醫生都找來了，他們都不知道你到底中了什麼毒，連病症都查不清楚怎麼治療？老公你就別硬撐了，不就是一個碼頭，給他就是，只要他能夠治好你。」

羅獵道：「時間就是機會，我估計他既然給出了時間，就是最後通牒，在下午五點之前答覆他，他就有把握把我治好。」

葉青虹咬了咬櫻唇道：「我賭不起，一分一秒都賭不起。」羅獵對她實在是太重要了。

羅獵道：「必須要賭一次，幾個小時罷了。」

葉青虹伸出三根手指頭：「三個小時，多一刻我都等不下去。」

羅獵道：「等吧，我總覺得還有機會，青虹，我想靜一靜，你去休息一會兒，別忘了你懷著孕呢。」

葉青虹點了點頭，她雖然很想留在羅獵身邊陪著他，可她也知道羅獵這種時候可能真需要靜一靜，她留在這裡只會讓他分神，於是去隔壁的房間暫時休息一會兒。

羅獵默默回想著水猴子那張可怖的面孔，他總覺得自己在哪裡見過，父親給他植入體內的智慧種子，其中的內容包羅萬象，擁有著遠超現實社會的科技，羅獵將其中的一些科技變成了現實，應該說關於水猴子的內容就在其中吧？羅獵默默回憶著，在浩瀚的腦域中搜索著關於水猴子的內容。

左腳足踝被抓傷的地方傳來一陣陣的奇癢，這讓羅獵的精力很難集中，難道只有選擇向陳昊東低頭？羅獵睜開雙目，他想起了葉青虹和小彩虹，也許不該讓她們繼續擔心下去了。

羅獵正準備讓葉青虹回覆陳昊東的時候，小彩虹端著一杯茶進來：「爸爸，我給您泡了杯茶，用山泉水泡的。」

羅獵笑道：「乖女兒！」

葉青虹發現小彩虹進來也跟了進來：「小彩虹，別打擾爸爸休息。」

羅獵笑道：「沒事，女兒給我送了一杯茶，說是特地用山泉……」說到這裡他忽然停了下來，他想起了什麼，那水猴子根本不是智慧種子賦予的內容，他最早看到水猴子的資料是在三泉圖上，宋昌金曾經給過他一幅三泉圖，當時羅獵並沒有重視，老奸巨猾的宋昌金只是為了獲取他的信任，那幅三泉圖也沒那麼重要，只是他有選擇地複製了一份。

羅獵激動了起來：「青虹，快去，去保險櫃裡把三泉圖給拿出來。」

葉青虹趕緊轉身去拿，身後又響起羅獵關切的聲音：「青虹，別急，慢點兒。」

山窮水複疑無路，柳暗花明又一村，羅獵發現自己的運氣果然不錯，宋昌金給他的殘缺版三泉圖，裡面不但有關於水猴子的記載，還有被水猴子抓傷的治療方法。

按照上面的解毒藥方，葉青虹抄錄後讓張長弓即刻去抓藥，中午十二點的時候，羅獵已經喝下了煮好的湯藥，傷口處用水蛭吸血，這樣的季節水蛭已經開始進入蟄伏期，不過他們發動眾人力量也找來了不少。

鐵娃將水蛭放在羅獵的傷口外側，溫暖的室溫很快就讓這些半休眠的水蛭復甦，饑餓的水蛭吸附在羅獵的足踝處開始吸血，一會兒功夫就飽飲了毒血，吸滿後就從羅獵皮膚上滾落下去，水猴子抓傷毒性很烈，吸滿毒血的水蛭當即死亡。

水蛭吸血的場景雖然恐怖，可是卻行之有效，在內外兼治之下，羅獵的足踝在兩個小時後開始消腫，皮膚的顏色也由黑轉紫，由紫變紅。隨著足踝的消腫，羅獵的體溫也漸漸回歸正常。

葉青虹看到這方法果然有效，這才鬆了口氣，羅獵看到她滿臉疲倦，又是心疼又是自責，都怪自己讓她擔心，柔聲道：「青虹，你去休息吧。」

葉青虹笑了笑道：「我不累！」

羅獵板起面孔道：「必須休息。」

葉青虹只好點了點頭，她就去隔壁的房間內休息，因為真的累了，再加上羅獵的傷勢終於得到了控制，葉青虹放下心來，總算能夠踏實睡去，這一覺睡得香甜，醒來發現已經天黑了。

葉青虹看了看床頭的鬧鐘，已經是六點半了，想起還沒有給陳昊東回話，葉青虹起身先去隔壁探望羅獵，卻聽說羅獵已經下床了。

葉青虹來到樓下，聞到一股誘人的香氣，她向保姆道：「先生呢？」

保姆指了指廚房道：「先生在給太太做飯呢。」

葉青虹道：「你倒是挺會偷懶。」

保姆道：「不是啊，本來我要做的，可先生一定要親自給太太做。」

葉青虹心中湧起難言的溫暖，此時羅獵端著雞湯出來：「小彩虹，去叫媽媽吃飯。」

小彩虹跟著從廚房裡出來，脆生生答應了一聲，父女倆才發現葉青虹已經下來了，葉青虹看到羅獵走路仍然一瘸一拐的，不禁有些心疼，嗔怪道：「傷還沒好，就到處蹓躂。」

羅獵笑道：「趕緊坐下，我煲了雞湯，你嘗嘗我的手藝。」

「你坐下吧，我自己盛。」

保姆吳媽慌忙道：「先生、夫人你們都坐吧，我來！」

羅獵笑道：「不用，我這傷全都好了，而且得多活動，活血才能化瘀。」

葉青虹接過羅獵遞來的那碗雞湯，聞了聞，讚道：「好香！」她給小彩虹夾了個雞腿。

羅獵在她對面坐下了，夫婦兩人對望了一眼，如沫深情盡在不言中。

葉青虹問起陳昊東的事情，羅獵道：「倒是打了一個電話過來，我讓吳媽給掛了。」

葉青虹笑了起來：「這種趁火打劫的小人就應該讓他碰個鼻青臉腫。」

羅獵道：「當著孩子不說這事。」

葉青虹道：「張大哥呢？」

羅獵道：「我讓他和鐵娃去虞浦碼頭了，無論碼頭有什麼，這次都不會賣給他了。」

葉青虹道：「對啊，加強戒備，別讓壞人鑽了空子。」

小彩虹好奇問道：「媽媽，誰是壞人啊？」

葉青虹笑道：「小孩子別問大人的事。」

小彩虹道：「媽媽，可不可以請餘慶哥哥來家裡玩呢？」任餘慶其實前天才走，小彩虹這就惦記上了，畢竟身邊沒有玩伴。

葉青虹道：「你去給他打電話，如果他想來，請他過來住幾天就是。」

小彩虹開心地去了。

小彩虹走後，葉青虹把另一隻雞腿夾給羅獵，羅獵道：「你吃，我吃女兒剩下的。」

葉青虹道：「我不喜歡吃肉，會胖的。」

羅獵道：「你自己不吃，肚子裡的孩子也得吃，聽話，吃胖點。」

葉青虹小聲道：「屁股會大。」

羅獵笑道：「大了好生養，再說我喜歡。」

葉青虹紅著俏臉啐道：「沒正經。」她喝了口雞湯，又道：「說正經的，虞浦碼頭乾脆賣了算了。」

羅獵知道葉青虹的心思，因為自己這次的受傷，讓葉青虹擔心不已，葉青虹肯定是不想因為虞浦碼頭再有不好的事情發生，羅獵道：「我總覺得陳昊東這個人針對的不僅僅是碼頭。」

葉青虹道：「你是說……他真正的目標是你？」

羅獵道：「我目前還無法斷定，不過我懷疑他在利用麻雀。」

葉青虹道：「無論怎樣，我都不想你出事，什麼金錢什麼財富都不重要，你明不明白？」

羅獵點了點頭道：「過幾天咱們去滿洲。」

羅獵傷好不久就去找程玉菲，程玉菲看到他一瘸一拐地進來，頗感詫異：「怎麼了這是？幾天沒見腿瘸了？該不是讓人打的吧？」

羅獵笑道：「不小心崴到腳了。」

程玉菲道：「趕緊坐，崴到腳就別到處亂走了。」

羅獵道：「不親自過來，顯不出誠意。」

程玉菲笑道：「還是為了那件事？」

羅獵點了點頭道：「有進展沒有？」

程玉菲道：「倒是查出來一些，本來你不過來我也要找你去呢。」拉開抽屜，拿出一份資料來到羅獵面前遞給了他，羅獵拿起資料從頭到尾仔細看了一遍，重新合上資料道：「陳昊東竟然是盜門首領陳延慶的孫子？」

程玉菲點了點頭道：「因為他小時候就被送往暹羅學佛，所以江湖中關於他的資料並不多。」

羅獵道：「學佛？從他的身上我可看不出任何的慈悲。」

程玉菲笑了起來：「你對他好像很有成見。」

羅獵道：「陳延慶不是已經死了？」

程玉菲道：「所以我懷疑現在的盜門首領就是陳昊東，如果真是這樣，誰多了一個這樣的敵人都會寢食難安。」

羅獵心中暗忖，陳昊東這麼年輕就能成為盜門的領袖，僅僅是依靠傳承二字是不夠的，從他們此次的接觸來看，陳昊東無論心智還是手段都非常出眾，他提出購買虞浦碼頭之時就存著想將自己引入圈套的念頭，羅獵忽然產生了一個想法，真正的秘密絕不在水下，甚至不在那條白骨壕溝。否則陳昊東根本沒有必要堅持買下虞浦碼頭，除非他的本來目的就是要將自己引入水下，又或者虞浦碼頭的秘密就在碼頭之下。

程玉菲看到羅獵許久都沒有說話，忍不住問道：「想什麼呢？」

羅獵笑道：「沒什麼。」

程玉菲道：「想不想聽我的建議？」

羅獵點了點頭。

程玉菲道：「你如果想過安生日子就別和盜門為敵，這天下間最不好招惹的就是丐幫和盜門，他們都是人多勢眾，惹了他們，要麼你的家門會被叫花子給圍上，要麼你隨時都可能被偷得乾乾淨淨。」

羅獵道：「現在是我沒打算跟他們為敵，是他們找我的麻煩。」

程玉菲道：「現在有道理可言嗎？」

羅獵道：「根本就是強買強賣。」

程玉菲道：「要麼你去找麻雀，如果麻雀願意為你出面，陳昊東或許會改變主意。」

羅獵道：「怎麼感覺你把我當成一個弱者看待？」

程玉菲道：「光腳不怕穿鞋的，你在明人家在暗，真要是翻了臉，就算你再厲害，明槍易躲暗箭難防。」

羅獵道：「你該不是陳昊東的說客吧？」

程玉菲道：「你這麼說咱們就沒什麼好談的了，是你自己走還是我趕你？」

羅獵笑了起來。

此時外面李焱東敲門，得到程玉菲的應允後他走了進來：「程小姐，張凌空張先生求見。」

程玉菲聽到張凌空的名字不由得皺了皺眉頭，她上次的失蹤就是和張凌空有關，雖然有驚無險，可是她對張凌空此人充滿了反感。正準備說不見，可目光落在羅獵的臉上頓時又改了主意：「請他進來吧。」

羅獵道：「那我先走了。」

程玉菲道：「沒事，你又不是不認識他。」

說話間張凌空已經走了進來，看到羅獵也在這裡多少感到有些詫異，他笑道：「羅老弟也在啊。」

羅獵點了點頭道：「來談點事，這就走。」

張凌空道：「別走啊，馬上該吃午飯了，我請客，咱們和程小姐一起吃。」

程玉菲道：「無功不受祿，張先生找我什麼事情？」

張凌空苦笑道：「當然有事啊，實不相瞞，我最近丟了幾樣東西，所以想請程小姐幫我查查。」

程玉菲道：「不好意思，張先生，租界最近的情況你也看到了，而且我想休養一下，暫時不接案子。」她毫不客氣地拒絕了張凌空。

張凌空道：「酬金的事情好說。」

程玉菲道：「真的很抱歉。」

張凌空笑道：「既然這樣我也不強人所難，走吧，吃飯去。」

程玉菲道：「你們去吧，我還有事情。」

張凌空看了看羅獵，羅獵指了指腳道：「我腳受傷，老婆讓我中午回家。」

張凌空呵呵笑了起來：「我可是誠心誠意地請兩位吃飯。」

羅獵道：「改天，改天，等我腳傷好了，我來做東。」

張凌空和羅獵一起離開偵探社，他特地留意了一下羅獵，果然走起路來一瘸一拐。張凌空道：「羅先生，何時受的傷啊？」

羅獵道：「前天的事情。」司機就在外面等著他。

張凌空道：「程小姐對我好像有成見啊。」

羅獵笑了起來：「以我對她的瞭解，程小姐是個愛恨分明的人，喜歡就是喜歡，不喜歡就是不喜歡。」

張凌空歎了口氣道：「看來我屬於她不喜歡的那種人。」

前方警笛鳴響，一名帶著氈帽的人朝著他們兩人的方向沒命奔跑，後面兩名巡捕正在追趕，張凌空在帶氈帽的那人經過身邊的時候，悄悄伸腳一絆，那人一個踉蹌失去了平衡，重重趴倒在了地上，他還沒有來及爬起，就被後面趕上的兩名巡捕摁住，反剪雙手銬了起來。

那人惡狠狠瞪著張凌空：「你特馬給我等著……」

一名巡捕照著他的肚子就是狠狠一拳，罵道：「王八蛋，居然在老子的眼皮底下偷東西！」另外一名巡捕向張凌空致謝。

張凌空淡淡笑了笑，等那兩名巡捕把小偷給押走了，張凌空道：「最近租界的盜竊案層出不窮，盜門真是囂張，都偷到我家裡來了。」

羅獵道：「那就加強安防，亡羊補牢猶未晚矣。」

張凌空道：「聽說陳昊東要花一百萬大洋買你的虞浦碼頭。」

羅獵點了點頭：「有這回事。」

張凌空道：「怎麼什麼好事都讓你趕上了，如果當初我知道虞浦碼頭值這個價，我說什麼也不會跟你們換藍磨坊的地皮。」

羅獵道：「只可惜這世上沒有後悔藥。」

張凌空道：「我還聽說你拒絕了陳昊東？」

羅獵道：「張先生消息真是靈通。」

張凌空道：「陳昊東應當是盜門中人，此人來者不善啊！」

羅獵道：「換成是張先生，會不會把虞浦碼頭賣給他？」

張凌空搖了搖頭道：「不會，天下間沒有人會做賠本生意，盜門尤其如此，他們從來都是空手套白狼。羅先生，我總覺得咱們該好好談談，雖然你我之間有過一些不愉快，可在租界，你我還有穆天落，咱們擁有著太多的共同利益。」

羅獵道：「我對做生意的興趣可不大。」

張凌空道：「就算興趣不大，可也沒理由讓別人來搶佔了你本來的利益，這樣啊，明天，明天我在粵海樓定位子，我來做東請你、請穆先生，這次說什麼都得給我面子。」

羅獵看出張凌空是想捐棄前嫌，一致對外，陳昊東的出現應該已經影響到了太多人的利益，想想在目前的狀況下採取戰略性的結盟倒也不失為一個明智的選擇，他點了點頭道：「好啊！」

白雲飛最近也遇到了麻煩，應當說他的損失比其他人更重，法租界最重要的碼頭和貨場都在他的控制中，而新近發生的大罷工讓他的物業幾近停擺，損失不可估量，非但如此，在他的貨場和碼頭還接連發生了失竊案。

一個混亂的租界絕不符合他們的利益，白雲飛接到張凌空邀請的時候就已經猜到他的目的。

上次他們三個坐在一起還是在法國領事蒙佩羅的斡旋下，可這次蒙佩羅度假未歸，促使他們坐在一起的原因是每況愈下的形勢。

幾杯酒下肚，張凌空道：「罷工還在繼續，租界到處都是亂糟糟的。」

白雲飛道：「渾水好摸魚，不把這池水給攪混了，他們是不會善罷甘休。」

張凌空點了點頭道：「幾位領事不約而同地選擇度假，放任租界的這種混亂無序繼續，所謂戒嚴根本就是趁機清除異己。」

白雲飛道：「我還以為只有我遇到麻煩了呢。」

張凌空道：「陳昊東最近收購了不少的碼頭，單單是公共租界就有五個。」

白雲飛道：「那些小碼頭根本撐不下去，工人罷工，他們就沒有錢賺，沒有錢賺就更加無法滿足工人提出的條件，所以只能選擇退出。我看這個陳昊東根本就是有預謀，搞不好罷工都和他有關。」

張凌空在這一點上和白雲飛出奇的一致：「我也這麼覺得，這個人沒來黃浦之前，罷工也沒發生，也沒有那麼多的失竊案，他一來，麻煩全都來了，而且我查過他的背景，他是盜門陳延慶的孫子，我懷疑他就是新任盜門首領。」

兩人意識到羅獵沒有發表過任何的意見，白雲飛道：「我可聽說了，他要花一百萬大洋收購你的碼頭，你答沒答應？」

羅獵搖了搖頭道：「沒有啊，不過倒是有點心動。」

白雲飛道：「虞浦碼頭怎麼值一百萬大洋，其中必然有詐。」

羅獵笑道：「不排除千金買馬骨的可能，不如你出一百萬大洋我賣給你。」

白雲飛道：「我可拿不出那麼多的現大洋。」

張凌空道：「我今兒請兩位過來是想談談最近的事情，這個陳昊東究竟是誰給他的底氣來攪局？」

白雲飛道：「有盜門撐腰本身就是底氣，不過敢玩那麼大的，沒有上頭的支持是不可能的，這些不約而同度假的領事說不定已經達成了默契。」他望著張凌空，本來他以為張凌空是黃浦的攪局者，卻想不到真正的攪局者是陳昊東。這個半路殺出的程咬金打亂了他的部署，白雲飛雖然在法租界呼風喚雨，可是讓他站出來和盜門明打明對著幹，他還真沒有把握。

張凌空道：「所以咱們必須得聯合，一方面安撫這些工人，還要聯繫其他人，必須要一致對外，要讓陳昊東知難而退。」

白雲飛道：「關鍵不在陳昊東吧，現在的關鍵是聯繫那些度假的領事，也只有他們才有能力讓租界平靜下去。」

羅獵道：「我雖然不懂什麼生意，可也能看出這次租界的混亂根源在於上層想要重新洗牌，他們想要重新分配利益。」

張凌空和白雲飛對望了一眼，兩人都點了點頭。

羅獵道：「租界雖然是中國人的土地，可咱們說了卻不算，這些外國人看不得咱們在這裡獲取利益，無論這次的風波是誰造成的，這些外國領事如果默許他這樣幹，必然是以利益為前提。大亂之後是大治，可每次大治的開始通常會伴隨著屠殺，租界新近已經發生了幾起血腥事件，死了不少人。」

張凌空道：「我的意思是我們成立一個工商聯合會，選出一個代表去和外國人談，只要能夠得到他們的認同，下面的事情就好辦了。」

白雲飛道：「你有沒有想過，這幫外國人就是希望咱們之間競爭，假如鬧事的真是陳昊東，他們就要看咱們和陳昊東誰能給出更多利益，然後進行選擇。」

羅獵點了點頭，白雲飛看到了問題的實質。

張凌空道：「那就一不做二不休！」他雖然沒有把話說明，可他的意思所有人都明白，張凌空對陳昊東已經動了殺念，白雲飛何嘗不是如此，但是幹掉一個盜門的首領，他還不敢輕易做決定，如果陳昊東真是盜門的帶頭人，那麼他的死必然會導致整個盜門的瘋狂反撲，那種後果是不堪想像的。

白雲飛道：「那就只能和陳昊東談談，跟他說清利害關係，讓他不要被外國佬利用。」

張凌空道：「找他談，豈不是讓他覺得咱們怕了他？」

白雲飛道：「羅獵，這個陳昊東和麻小姐的關係不錯，我記得你和麻小姐是老朋友啊。」

羅獵笑了起來，白雲飛因羅獵的微笑而意識到，自己的目的已被羅獵看穿。

羅獵回到家的時候，看到葉青虹新剪了頭，變成了短髮，她在為孩子的出生做好提前準備，看到羅獵回來，非要讓羅獵評價一下她的新髮型，羅獵讚美了幾句，卻被葉青虹嫌棄言不由衷。

葉青虹問起他晚上見面的情況，羅獵簡單說了，葉青虹馬上聽出了其中的奧妙，不屑道：「這個白雲飛和張凌空恐怕早就達成了協定，他們是想你出頭。」

羅獵道：「咱們雖然在租界沒有多少利益，也不會像他們那樣受到那麼大的影響，可是租界這種狀況繼續下去對誰都沒有好處，倒楣的還是普通百姓。」

葉青虹道：「所以，你打算去找麻雀啊？」

羅獵道：「那得看你的意思了。」

葉青虹道：「我看你就算去，麻雀也未必幫你出頭。」

羅獵道：「你怎麼知道？」

葉青虹道：「因為我是女人啊。」

羅獵道：「我還是打算嘗試一下，現在連福音小學都受到影響了，老師不敢去上課，孩子們也沒人照顧。」

葉青虹道：「我去吧。」

羅獵愣了一下，馬上明白葉青虹說的是她要去和麻雀見面，他搖了搖頭道：「你去好像不合適吧？」

葉青虹道：「比你要好。」

羅獵道：「你們兩個，連朋友也算不上。」

葉青虹微笑道：「所以說，**女人的心思只有女人最懂！**」

麻雀叫了杯紅酒，葉青虹只要了一杯紅茶，麻雀習慣性地掏出香煙的時候，卻被葉青虹制止：「不好意思，我懷孕了。」

麻雀的第一反應就是你懷孕了跟我有什麼關係？為何要對我說？可馬上她就意識到葉青虹的意思，淡淡笑了笑，將香煙收了回去：「恭喜你啊！」

葉青虹道：「謝謝！吃什麼？我請！」

麻雀道：「我這兩天胃口不好，吃不下。」

葉青虹道：「我也不想吃，可羅獵非得讓我吃，其實我知道的，他心疼的是我們的孩子。」她招了招手，讓服務生過來點餐。

麻雀打量著葉青虹，不得不承認，葉青虹還是那麼美麗，自從嫁給羅獵之後，她比過去豐滿了一些，不過更有女人味了。

葉青虹似乎沒有留意到她的目光，專心致志地品嘗著面前的牛排。

麻雀忽然道：「給人當後媽的感覺怎麼樣？」

葉青虹道：「我把小彩虹當成自己的親生女兒，她也沒把我當成後媽。」

麻雀道：「可畢竟不是親生的，等你們自己的孩子出生之後，你心裡就會發生偏差，即便是你不承認。」

葉青虹優雅地喝了口紅茶，笑了起來：「其實我比你們認識羅獵都要早。」

「時間代表不了什麼，羅獵還不是娶了蘭喜妹？」

葉青虹道：「我知道這個消息之後，曾經打算這輩子再也不回來，我再也不要見到羅獵。」她輕輕放下茶杯道：「可並不代表我不愛他，我雖然無法和他在一起，可我想我會祝福他。」

麻雀道：「你還真是高尚。」

葉青虹道：「讓我回來的是蘭喜妹的一封信，她冒充羅獵的筆跡給我寫了一封信，那時我知道，無論羅獵做過什麼，只要他一聲召喚，我還會不計代價地回到他的身邊。」

麻雀想到了自己，如果……可她馬上告訴自己沒有如果。

葉青虹道：「蘭喜妹得了絕症，她知道時日無多，所以她希望我來照顧她的女兒，希望我能陪伴羅獵。」

麻雀道：「你還真是偉大，甘心給別人當後媽。」

葉青虹道：「我開始也不能接受，可我後來發現這是我一生中最正確的選擇，我愛羅獵，所以我可以接受他的一切，我不在乎他是什麼樣子，我不在乎他喜歡過誰，我更不會在乎他有一個女兒，因為沒有他我不可能過得更好！」

麻雀怔怔望著葉青虹。

葉青虹道：「我請你來，不是想求你什麼，其實本來羅獵想親自跟你談，我相信就算你無法把羅獵當成朋友，你也不會把他當成仇人，無論你怎麼想，羅獵始終都把你當成朋友，如果你遇到什麼麻煩，他肯定還會不惜一切去幫助你。」

「我不需要他的幫助。」

葉青虹道：「你可以不需要，但是你無法否認他曾經不止一次幫助過你，我知道你對羅獵的感情不次於我。」

「沒有的事！」麻雀大聲分辯道。

葉青虹道：「但是你並不瞭解他，這個世界上沒有人比我更瞭解他！」她的聲音雖然不大，可是溫柔中卻充滿了說服力，即便是麻雀再不服氣，也不得不承認她說的是事實。

葉青虹道：「羅獵擔心你被人利用。」

麻雀冷冷道：「在他心中我就是一個笨女人，一直都在被人利用。」

葉青虹搖了搖頭道：「不是笨女人才會被人利用，**當一個女人過於執著的時候，往往會看不清一些人一些事**，不單是你。」葉青虹也有過這樣的時候，在她一心想為父親復仇的時候，穆三壽正是利用了她的這個弱點，如果她沒有遇到羅獵，或許自己的人生會全然不同。

麻雀道：「我知道你們的意思，你們是想說陳昊東在利用我。」

葉青虹道：「我不瞭解這個人，所以我無權評價，不過他一直都想得到虞浦碼頭，你幫我轉告他，我同意賣給他，我也不要一百萬大洋，按照正常的市價給他，只要他備齊三十萬大洋，隨時都可以跟他簽約。」

麻雀眨了眨眼睛：「他願意出一百萬的。」

葉青虹道：「我不占他的便宜不是怕他，而是我們家不想和他再有一丁一點的關係，我不想我老公再受到任何傷害，如果他膽敢再設計害我老公一次，我才不管他的背後有誰，我動用我所有的力量把他趕出黃浦。」

麻雀望著葉青虹，忽然感覺到，羅獵娶她並不是沒有原因的。

葉青虹道：「其實我還有個私心，羅獵這個人古道熱腸，他表面上什麼都不在乎，可內心卻充滿了正義感，我不想他再攪入這場紛爭，張凌空也罷、陳昊東也罷、穆天落也罷，他們爭權奪利是他們的事情，我們一家只想安安穩穩過日子，我希望誰都不要打擾我們。」

麻雀道：「有句話你沒說錯，羅獵管的事情實在太多了。」

葉青虹道：「沒辦法，喜歡上了，沒得選，我現在只能盡自己一個做妻子的本分，你明白的。」

麻雀道：「如果我不答應呢。」

葉青虹道：「陳昊東也不是沒有弱點，只要是人，就會有在乎的人。」她平靜望著麻雀：「羅獵的朋友未必都是我的朋友，可羅獵的敵人一定是我的敵人，如果誰敢打我老公的主意，我會不擇手段，哪怕他以後會怪我。」

麻雀瞪圓了雙目：「你在威脅我！」

「不是威脅，是警告，而且我警告的是陳昊東。」葉青虹輕聲道：「服務生，買單！」

第三章

死無對證

在梁啟軍看來陳昊東有些過於擔心了，
羅獵夫婦在他的眼中就是普通富商，
就算葉青虹因為襲擊流產，他們也是通過員警施壓，
現在罪魁禍首楊四成死了，大不了將事情都推到他身上。
反正死無對證，羅獵夫婦也不可能和他們整個盜門為敵。

葉青虹走出門外，抬起頭，陽光正好，她吸了口清新的空氣，司機開車過來，她上了車，透過車窗看了看，麻雀仍然沒有出來，她相信麻雀一定會好好考慮自己的建議。

葉青虹道：「開車！」

司機啟動汽車向前方駛去，通過前方的時候，一輛卡車突然加速衝了過來，全速撞擊在轎車的中部，轎車被撞得原地翻滾了兩圈。

卡車完成這次撞擊之後，馬上倒車。

葉青虹隨著車輛翻滾，因為安全帶的緣故，最大限度地減輕了她受傷的程度，她感到一陣頭暈目眩，葉青虹很快就意識到自己是頭朝在車內的，她看不到外面的情景，卻聽到了輪胎摩擦地面的刺耳聲音。葉青虹意識到了什麼，她抽出小刀割斷了安全帶，身體因重力墜落在轎車頂棚上，葉青虹從破裂的車窗看到了那輛貨車後退了一段距離，她知道自己必須要儘快離開這輛車，不然等待她的將會是第二次撞擊，葉青虹用力去推車門，可是車門在剛才的撞擊中已經變形，渾身上下都在疼痛，鮮血沿著葉青虹的額頭流到了她的臉上，她去拿手槍，卻發現手袋不見了，葉青虹慌忙去尋找手袋，她現在的狀況只能依靠摸索。

麻雀聽到外面的撞擊聲，然後看到店裡的服務員向外跑去，她才反應過來，趕緊衝了出去，麻雀才來到飯店門口，就看到那輛車頭已經變形的卡車再度向倒翻的轎車瘋狂駛去，麻雀的臉上充滿了震驚的表情，她看出那輛倒翻的汽車是葉青虹的，麻雀尖叫道：「不要！」可是她已經來不及阻止了。

卡車距離轎車越來越近，葉青虹從車窗中探出了一隻手，她終於找到了手槍，憑感覺瞄準了卡車的駕駛室，蓬！蓬！蓬！蓬！葉青虹現在能做的只是將彈倉內的所有子彈射完，她不知道自己能否阻止對方的謀殺，腦海中想到的只是羅獵，老公……我想你……

卡車的前擋風玻璃被子彈擊碎，一顆子彈射中了司機的額頭，司機死亡後身體壓在了方向盤上，方向盤因為他的這一舉動，而左旋轉，衝向了一旁的商店，在眾人的驚呼聲中撞碎了櫥窗，整個車頭都衝了進去。

麻雀回過神來，她慌忙奔向那輛倒翻的汽車，有許多人都跑了過去，眾人一起動手拉開了擠壓變形的車門，從中救出了滿身是血的葉青虹，麻雀抱住葉青虹，拍打著她的面孔道：「葉青虹，你醒醒，你醒醒！」

葉青虹艱難地睜開了雙目，虛弱道：「羅……羅……獵……」

葉青虹甦醒過來的時候，看到白色的天花板，白色的牆，聞到醫院的味道，眼前的景物變得清晰的時候，她看到了輸液瓶，葉青虹動了一下，一直守候在她身邊的羅獵慌忙摁住了她的手臂：「青虹，是我，是我！」

「老公……」

羅獵點了點頭，儘量向前湊了湊，讓葉青虹能夠看清自己的樣子，葉青虹伸出左手，雪白的手臂上佈滿了劃傷，羅獵抓住她的手貼在自己的臉上。

葉青虹道：「老公，孩子……我們的孩子……」

羅獵握住葉青虹的手道：「青虹，你聽我說……」

葉青虹頓時意識到了什麼，她眼圈紅了：「你告訴我，我們的孩子好好的，他沒事，你告訴我……」她已經抑制不住內心的悲傷，大聲哭泣起來，羅獵的眼睛也紅了。

此時英子陪著醫生進來給葉青虹檢查，英子道：「羅獵，這兒交給我吧，你去歇一會兒。」她看出羅獵如果繼續留下，葉青虹肯定會更加難過。

羅獵點了點頭，吻了吻葉青虹的手背，轉身出門。

包括張長弓在內的一幫好友都在外面等著，看到羅獵出來，所有人同時站了起來，羅獵做了個右手下壓的動作，示意所有人都坐下，然後他慢慢向走廊的另外一邊走去。

麻雀和程玉菲站在那裡，看到羅獵走了過來，麻雀的內心中忽然感覺到前所未有的慌張，她很快就提醒自己，自己不應該慌張，葉青虹被人襲擊的事情她一無所知，而且是她將葉青虹送到了醫院。

麻雀道：「她怎麼樣？」

羅獵道：「謝謝麻小姐關心。」

麻雀聞言一怔，在她的印象中羅獵還從未這樣稱呼過自己，這分明是要跟自己劃清界限的意思，難道他將這件事歸咎到自己的身上？

羅獵道：「勞煩麻小姐幫我轉告陳昊東，我太太答應你們的任何事都沒有經過我的允許，虞浦碼頭我不會賣，至於陳昊東，他有兩個選擇，一是儘快滾出黃浦，二是埋在這裡。」

麻雀瞪圓了雙目，羅獵根本就是在威脅，可是她從羅獵的身上感覺到一種前所未有的威壓，麻雀好不容易才鎮定下來，鼓足勇氣道：「你有什麼證據認為這件事和他有關？」

羅獵道：「我不要證據，我只知道如果不是因為他收購的事情就不會發生今天的事情，我這個人不喜歡計較，可是有人一旦觸碰了我的底線，我會讓他付出百倍的代價。」停頓了一下又道：「我的底線就是我的家人。」羅獵說完轉身向病房走去。

麻雀目瞪口呆地望著羅獵的背影，她手足冰冷，身軀發抖，不知是因為害怕還是因為激動，她想要衝上去跟羅獵理論，卻被程玉菲一把抓住。

麻雀道：「他憑什麼怪我？他憑什麼這樣對我說話？」

程玉菲歎了口氣道：「換成是我，我也會。」

麻雀道：「葉青虹被人襲擊，可這件事根本還沒查清，怎麼可以……」

程玉菲道：「已經查出死去卡車司機的身分，他叫楊四成，是盜門中人。」

陳昊東坐在辦公室內，他的背後是光潔明亮的落地窗，透過落地窗可以看到浦江最美麗的江景，外面陽光很好，這樣的天氣本應擁有一個不壞的心情，可是陳昊東的心情卻不好，一點都不好。

他聽說了葉青虹被襲擊的事情，這件事發生在法租界，本來這件事他大可抱著事不關己高高掛起的態度，可是很快就查出這件事跟他有些關係，襲擊葉青虹並當場被射殺的卡車司機叫楊四成，是盜門中的弟子，隸屬於黃浦分舵，陳昊東的心情也因此而變壞。

現在黃浦分舵的舵主梁啟軍就站在陳昊東的對面，他也看出陳昊東的心情不好，所以不敢貿然打擾他。

陳昊東道：「誰給你的命令？誰讓你去暗殺葉青虹的？」

梁啟軍道：「少門主，這件事我不知情。」

陳昊東氣得伸出手重重在桌上一拍，怒道：「他是你的手下，你不知情？」

梁啟軍苦著臉道：「少門主，我的確不知情，楊四成是我的手下不假，可我絕沒有派他去做這種事，您想想，現在虞浦碼頭的事情還沒有定論，我為什麼要瞞著您做這種事？」

陳昊東心中暗忖，梁啟軍的確沒有這樣做的必要，如果這件事不是他授意做的，那麼楊四成又是出於何種動機？在這次襲擊的背後一定有不為人知的陰謀。

陳昊東道：「葉青虹因為這次襲擊流產了，我看羅獵不會善罷甘休。」

梁啟軍道：「他們夫婦兩人雖然有錢，在租界也有些關係，可是他們並沒有多少勢力，更何況這件事跟咱們盜門沒有關係，我們只需聲明是楊四成個人所為，跟我們無關。」

陳昊東道：「你那麼認為，人家那麼認為嗎？也不知你是怎麼管手下的？」

梁啟軍道：「少門主放心，我以後一定對他們嚴加管束，我保證這種事不會再次發生。」在他看來陳昊東有些過於擔心了，羅獵夫婦在他的眼中就是普通的富商，就算葉青虹因為這次襲擊流產，他們也就是通過員警施壓，現在罪魁禍首楊四成都死了，大不了將所有的事情都推到他的身上。反正現在是死無對證，羅獵夫婦也不可能因為此事和他們整個盜門為敵。

陳昊東道：「你去調查一下楊四成的事情。」

梁啟軍苦笑道：「少門主，人都死了，我上哪兒調查去？」

陳昊東怒道：「你沒腦子啊？他死了，他還有親人還有朋友，你不會去問，看看到底是什麼原因，查查他的戶頭，看看最近有沒有收到大筆的款項。」

「是！」

陳昊東不耐煩地擺了擺手道：「你趕緊去辦吧！」

梁啟軍應了一聲，轉身出門，在門外正遇到前來興師問罪的麻雀，梁啟軍向麻雀笑了笑，向一旁讓了讓，麻雀舉步走了進去。

陳昊東看到麻雀的臉色已經意識到她的來意，笑道：「麻雀，你很少來我辦公室啊，坐！」

麻雀道：「少來這套，陳昊東，我問你，葉青虹的事是不是你派人做的？」

陳昊東道：「你怎麼會這樣想？」

麻雀道：「葉青虹約我見面，她都已經答應了，按照市價三十萬大洋將虞浦碼頭賣給你，為什麼你還要那麼做？」

陳昊東道：「麻雀，既然她都答應了，我為什麼要這麼做？我是不是多此一舉，我可以向你保證，這件事跟我毫無關係。」

麻雀道：「羅獵讓我轉告你，虞浦碼頭他不會賣，還有……」

陳昊東道：「你說，不要有顧慮。」

麻雀道：「他說給你兩個選擇，要麼你現在離開黃浦，要麼就做好埋在這裡的準備。」

陳昊東呵呵笑了起來，他搖了搖頭道：「真是讓我沒想到，羅獵這個人還真是有些膽色。」

麻雀道：「你為什麼一定要虞浦碼頭？」

陳昊東道：「我不會走，而且，這虞浦碼頭我要定了！」

白雲飛途經葉青虹被襲擊地點的時候，讓常福放慢車速，被撞爛櫥窗的商店仍然沒有來得及維修，那輛肇事的卡車已經拖走，白雲飛留意到地面上還有一些沒有清理乾淨的血跡，皺了皺眉頭道：「葉青虹住在哪家醫院？」

常福道：「聖約翰。」

白雲飛想了想道：「回去吧。」

常福愣了一下：「老爺，不是您要去醫院探望她的嗎？」

白雲飛道：「現在這個時候，人家的心情肯定低落，咱們去非但起不到安慰的作用，反而讓人傷心，算了吧，等過陣子她出院之後，咱們去她家裡探望。」

常福道：「是！老爺。」

白雲飛從車窗上隱約看到自己面孔的影子，蒼白而灰暗。

葉青虹自從甦醒後就不願說話，剛剛失去的這個生命不僅是她和羅獵的愛情結晶，更是她的希望，她希望這個小生命的降臨能夠改變羅獵的決定，說不定可以讓羅獵放棄對風九青的九年之約，雖然這種可能性很小，可畢竟存在，葉青虹之所以答應將虞浦碼頭轉讓給陳昊東，並不是因為她害怕，而是因為她沒有時間去和這種人糾纏，如果羅獵信守對風九青的承諾，那麼他們一家還只剩下五年的時間相守，每一天都是如此珍貴，她不希望將時間浪費在陳昊東這種人的身上。

葉青虹認為自己可以說服麻雀，通過麻雀解決這件事，可她並沒有料到這次的見面會讓她失去腹中的小生命，還差點失去了自己的性命。

「媽媽！」小彩虹的聲音在耳邊響起。

葉青虹的睫毛動了動，她知道一定是羅獵看到自己的樣子才把女兒接來了。

「媽媽你怎麼了？」小彩虹關切道。

葉青虹可以不搭理羅獵，卻不能不理女兒，她偷偷抹去淚水，睜開眼睛看了看小彩虹：「女兒，媽媽沒事。」可說著說著眼淚就流了出來，葉青虹感覺到自己從未有過如此的脆弱。

小彩虹伸出小手為她拭去臉上的淚水：「媽媽，別哭，你別哭嘛，是不是有人欺負您了，跟我說，我給您出氣。」

葉青虹搖了搖頭，小彩虹趴在她身邊，抱住了她，輕輕拍著她的肩膀，她是想通過這樣的方式哄哄媽媽。

羅獵在一旁看著，臉上露出欣慰的表情，他何其幸運擁有一個如此懂事的女兒。他向小彩虹道：「女兒，你跟姑姑先回去吧，爸爸陪媽媽好不好？」

小彩虹道：「我不走，我就要在這裡陪著媽媽。」

羅獵只好讓步道：「你跟姑姑先去花園玩兒，我跟媽媽說幾句話好不好？」

英子過來勸了兩句，小彩虹總算答應跟她一起去花園了。

羅獵來到葉青虹面前，葉青虹又將雙目閉上。羅獵伸出手握住她的手，葉青虹掙扎了一下，卻沒有成功將手抽出去。

羅獵道：「青虹，我知道你很難過，我心裡也不好受，可事情既然發生了，我們已經無法改變，唯有面對現實。」

葉青虹依然沉默著。

羅獵道：「醫生說，你還年輕，身體會很快康復，等你身體恢復之後，咱們就再要一個孩子好不好？只要你願意，想生幾個就生幾個。」

葉青虹哇的一聲哭了起來，羅獵手足無措道：「你別哭，我就是那麼一說。」

葉青虹撲入他的懷中，羅獵緊緊擁抱著她，親吻著她的面頰，柔聲勸慰著。

葉青虹抽抽噎噎道：「我……還能生嗎？」

羅獵點了點頭道：「當然能生，你這身板兒一看就好生養。」

葉青虹道：「那你不能反悔。」

羅獵道：「我才不反悔，我巴不得跟你多生幾個孩子。」好說歹說，葉青虹方才止住哭泣，羅獵盛了米粥餵她，葉青虹的情緒漸漸穩定了下來，吃過飯之後，她提出了一個要求：「羅獵，我想出院。」

羅獵點了點頭道：「明天就出院，等你身體康復了，咱們就馬上離開黃浦去滿洲，咱們去那裡過年好不好？」

葉青虹點了點頭，吸了吸鼻子道：「我想咱們的小木屋了。」

羅獵道：「好，咱們在蒼白山找個安逸的地方搭一間木屋。」

病房的門被輕輕敲響，一名戴著口罩的護士走進來，向羅獵道：「羅先生，我們要為夫人換藥了。」

羅獵點了點頭，讓到一邊。

那護士又道：「麻煩羅先生迴避一下。」

羅獵向葉青虹看了一眼，葉青虹道：「你出去吧！」

羅獵笑道：「老夫老妻的了，還不好意思啊？」

葉青虹道：「再胡說我生氣了。」

羅獵轉身離開病房，從護士身邊走過的時候，無意中看到她的鞋子，羅獵突然停下腳步：「你叫什麼？」

護士道：「林淑娟！」她的胸牌上的確是這個名字。

羅獵道：「摘下你的口罩！」他的話剛剛說完，那護士就將面前的推車向羅獵狠狠推了過去，扯開護士服從腰間抽出了兩把手槍。她拔槍的速度很快，可是羅獵的反應更快，一個倒翻騰空而起，右手抓住了治療車上的一把剪刀，猛然投擲出去，剪刀劃出一道寒光，尖端噗的一聲戳入那護士的前額，羅獵在危急關頭出手，根本不會留力，那剪刀只有把柄留在護士額頭的外面。

護士雙槍在手，卻已經來不及扣動扳機，直挺挺倒在了地上。

葉青虹也被眼前的變化嚇了一跳，此時外面傳來小彩虹開心的聲音：「媽媽我回來了！」

葉青虹第一時間反應過來：「不要讓她進來。」

羅獵趕緊來到門前，將蹦蹦跳跳跑過來的小彩虹攔在門外，他向英子道：「姐，把張長弓他們全都找來。」

醫院裡竟然發生了殺手潛入的事情，這讓羅獵感到憤怒的同時又心驚不已，他意識到在這裡沒有什麼地方是絕對安全的，當即做出讓葉青虹馬上出院的決定，當前葉青虹的狀況已經穩定，沒必要繼續留在這裡。

護送葉青虹和女兒返回家中之後，羅獵重新回到了醫院，在他們離去之前已經報警，租界巡捕房對此事非常重視，劉探長率隊親自前來，死者的身分還未查明，不過有一點能夠斷定，死者並不是這醫院的護士，那位名叫林淑娟的護士已經被殺，她的屍體在雜物間被發現，殺手殺死她之後換上了她的衣服，不過鞋子並不合腳，所以殺手只能穿上自己的鞋子前來執行任務，她本以為都是白色的鞋子不會露出馬腳，可仍然被心思縝密的羅獵發現。

劉探長在羅獵的面前義憤填膺，他大聲道：「真是太不像話了，無法無天，簡直是無法無天。羅老弟，你放心，我一定盡全力破案，一定儘快將幕後的指使者法辦。」

羅獵對這幫巡捕的辦案能力心知肚明，指望他們破案還不知要等到猴年馬月，不過他也沒有多說什麼。

程玉菲從病房裡走了出來，劉探長把她請來的原因不僅是想她幫忙破案，還有一個更重要的原因，劉探長知道她和羅獵的關係不錯，在自己的轄區接連發生暗殺葉青虹的事件，這讓劉探長的顏面很掛不住，他擔心羅獵會向自己發難，所以請程玉菲過來，用意就是讓她幫忙緩和一下。

程玉菲道：「職業殺手，這女人很可能是駱紅燕。」

劉探長愕然道：「駱紅燕，難道是殺手榜排名前五的駱紅燕？」

程玉菲點了點頭道：「很可能就是她，我剛才檢查了她的身體，她的右肩有一隻紅色的燕子紋身，等法醫做完比對就應該會有結果。」她向羅獵道：「你和她有沒有過節？」

羅獵搖了搖頭道：「你都說她是職業殺手，職業殺手殺人還要理由嗎？」

程玉菲歎了口氣道：「如果她真是駱紅燕，你就麻煩了，駱紅燕並不是一個人，雖然她喜歡單槍匹馬的做事，可她隸屬於一個殺手組織，你殺了駱紅燕等於得罪了一個組織。」

劉探長道：「沒事，他們敢來我全都給抓起來。」

程玉菲毫不客氣地拆穿道：「只怕你們巡捕房沒有這個能力。」

劉探長表情尷尬，接連乾咳了幾聲道：「你們談，我去看看進展。」

劉探長離去之後，程玉菲道：「嫂夫人情緒如何？」

程玉菲道：「既然事情已經這樣，也不要太難過，這案子我會幫你查。」

羅獵道：「發生這種事，心情低落難免，而且在醫院又發生一次暗殺。」

羅獵道：「謝謝。」

程玉菲道：「你千萬不要擅自行動，把事情鬧得不可收拾。」

羅獵微笑道：「我知道的，走了！我得回去多陪陪她。」

程玉菲點了點頭，在這種時候葉青虹的身邊最需要陪伴。

一周之後，虞浦碼頭停靠了一艘嶄新的輪船，羅獵兌現承諾，帶著葉青虹經海路前往滿洲，這艘輪船早在羅獵改建虞浦碼頭的時候就已經訂購，輪船按照羅獵提供的圖紙進行了改造，更像是現代風格的遊艇。

羅獵原本想將這個驚喜為葉青虹多保留一段時間，可是發生了這件事，他必須儘快帶著葉青虹離開這個傷心地，換個環境，她的心情或許會好得快一點。

葉青虹遇襲之後，劉探長率領巡捕房在整個法租界內對盜門進行了清查和逮捕，盜門因為這次行動被逮捕的人很多，一時間氣焰也不敢像過去那般囂張。

陳昊東意識到虞浦碼頭的交易已經變得不可能，而更讓他擔心的是羅獵的報復，畢竟羅獵已經放話出來，要麼讓他離開黃浦，要麼要讓他埋在黃浦，可從這段時間看來羅獵似乎沒有進一步的舉動，這讓陳昊東多少放鬆了一些心情。

罷工風潮開始慢慢平息，各國領事也在不約而同地結束了休假，各方勢力都明白接下來他們將面臨利益的談判，可只要能夠結束這混亂的局面就證明一切在往好處發展。

張長弓並沒有和羅獵一起乘船離去，他還要在黃浦待一段時間，羅獵回去等於幫他打前站，他大概在一個月後才會去東山島迎娶海明珠，帶著海明珠一起乘坐火車前往滿洲成親。

這一個月的時間他要協同董治軍夫婦將虞浦碼頭的事情料理好，葉青虹接連兩次遇襲之後，公共租界也加強了虞浦碼頭附近的警戒。

葉青虹的臉色仍然蒼白，不過至少已經有了一些笑意，牽著小彩虹的手先行走上遊輪。她也是剛剛知道羅獵為她準備了這艘船，乘船北上也是為了讓她能在途中更舒服一些，保姆吳媽也隨同他們一起，途中好照顧他們的飲食起居，除了他們一家之外，還有六名船員。

羅獵並沒有急著上船，在碼頭上和張長弓聊天。

張長弓道：「你只管放心去吧，這邊的事情只管交給我。」

羅獵笑道：「碼頭不會有什麼事情，法國領事蒙佩羅已經給咱們發了一張特許經營牌照，誰再敢打碼頭的主意就是跟他過不去。張大哥，您儘快幫助我姐和姐夫他們把這邊的事情理順，趕緊準備婚禮去。」

張長弓道：「有啥準備的，海幫主說了，必須要在他們東山島辦喜酒，其實我跟明珠等於先結婚，然後再去滿洲補辦喜酒。」

羅獵道：「都是岳父了，還海幫主海幫主的，讓他知道肯定要找你算帳。」

張長弓道：「我怎麼感覺自己跟倒插門似的。」

羅獵忍不住笑了起來：「海幫主堅持在東山島辦喜酒是有原因的，一幫之主嫁女兒怎麼都要擺酒，你要是去滿洲辦婚禮，他的喜酒豈不就是名不正言不順？

人家養了那麼多年的女兒都給了你，你也就不用計較什麼倒插門不倒插門的，只要把海明珠娶到手，回滿洲再辦一場就是。」

張長弓點了點頭道：「也是。」

羅獵道：「我走了。」

張長弓道：「羅獵，我感覺你這次有些奇怪啊？」

羅獵道：「哪裡奇怪？」

張長弓道：「你跟我說實話，是不是還打算找盜門報仇？」

羅獵道：「報仇的事以後再說，我現在最重要的事情就是陪著青虹養好身子，其他的事情都不重要。」

「是不是覺得時機不到啊？」

羅獵搖了搖頭道：「實不相瞞，我暫時沒有想過。」

張長弓知道羅獵絕不是怕事之人，葉青虹的事情已經觸犯了他的底線，羅獵不會輕易咽下這口氣，不過以現在葉青虹的狀況，羅獵緩一緩復仇的事情是對的，君子報仇十年不晚。

聽說羅獵已經離開了黃浦，陳昊東鬆了口氣，雖然他表面上沒有顯露出什麼，可內心的壓力只有自己才知道，陳昊東認為在這件事上自己很冤枉，攻擊葉青虹的楊四成雖然是盜門中人，可是並不是受了他的差遣。

梁啟軍將調查楊四成的情況說了一遍，楊四成死的第二天，他老婆就抱著孩子一起投了井，他在這個世界上再無親人。

陳昊東道：「查不到其他線索了？」

梁啟軍搖了搖頭道：「哪還有什麼線索，人都死完了，找誰去問呢？少門主，這楊四成是不是跟羅獵兩口子有仇啊？」

陳昊東道：「應該沒仇沒恨吧，不行，這事兒還得繼續查，我看楊四成肯定是受人唆使，有人想利用他殺了葉青虹，然後將這件事栽贓到我的頭上，挑起我和羅獵之間的仇恨。」

梁啟軍道：「可我又不是偵探，該查的我都查了。」

陳昊東道：「駱紅燕又是誰聘請的？沿著這條線應該能查出一些線索吧？」

梁啟軍道：「說駱紅燕我倒想起了一件事，這駱紅燕是索命門少門主駱長興的親侄女，她被羅獵給殺了，駱長興應該不會放任不管吧？」

陳昊東道：「索命門雖然門徒不多，可個個都是頂尖殺手，連我都不敢招惹他們，羅獵這次殺了駱紅燕，可算是捅了一個馬蜂窩。」

梁啟軍笑道：「他自身難保，還說要把我們從黃浦趕出去，真是自不量力。」

陳昊東道：「你儘快去查，我一定要把這個背後操縱之人找出來。」

葉青虹出事之後，麻雀還是第一次和程玉菲見面，這次是她主動邀請程玉菲見面的，就在一周前她和葉青虹相約的法餐廳，還是那天她們坐的位子。

程玉菲喝了口咖啡道：「你急急忙忙約我出來，到底有什麼急事？」

麻雀道：「沒事就不能約你出來了？怎麼感覺你我之間越來越生分了？」

程玉菲道：「我可沒覺得跟你生分了，是你自己這麼想吧？」

麻雀歎了口氣道：「我今天也沒什麼事，就是想找個人說說話，你知道的，我在黃浦本來就沒什麼朋友。」

程玉菲道：「早知道這個樣子我就不出來了，你是閑著沒事做，我可是忙得天昏地暗。」

麻雀道：「是不是在查葉青虹遇襲的案子？」

程玉菲沒承認也沒否認，端起咖啡又喝了一口。

麻雀道：「羅獵不是已經離開黃浦了？是他讓你幫忙查的？」

程玉菲搖了搖頭道：「他可沒讓我查什麼案子，是我自己要查，羅獵是我的朋友，他遇到這種事，作為朋友總不能袖手旁觀。」

麻雀咬了咬嘴唇，她總覺得程玉菲這番話有種挖苦自己的意思，羅獵就是擁有這樣的能力，這麼短的時間內已經將程玉菲變成了他的朋友，為他盡心盡力，程玉菲既然是自己要查，顯然是沒有報酬的。

麻雀道：「那天葉青虹就坐在你的位置，我談了很久，她已經答應要把虞浦碼頭轉讓給陳昊東，而且開了一個很公道的價錢。」

程玉菲沒說話，靜靜望著麻雀，她知道這段時間麻雀的內心肯定不好受，她不是沒事找自己聊天，而是需要一個傾吐心事的對象。程玉菲道：「可還是有盜門中人襲擊了葉青虹。」

麻雀道：「我問過陳昊東，陳昊東說他沒做過，他這個人雖然很傲氣，可是對我從來沒撒過謊。」

程玉菲道：「你認為陳昊東不可能做這件事？」

麻雀道：「至少不是現在，而且他知道我要和葉青虹見面。」

程玉菲望著麻雀道：「葉青虹和你見面的事情只有少數人知道，她那邊只告訴了羅獵，你卻告訴了陳昊東。」

麻雀道：「也可能有人跟蹤了她。」

程玉菲承認不排除這個可能。

麻雀道：「陳昊東也在讓人查這件事，襲擊葉青虹的楊四成是盜門中人不假，可是他當場被葉青虹擊斃了，他的老婆孩子在第二天也投井死了，他們家裡已經沒有其他人了。」

程玉菲道：「當真？」

麻雀點了點頭道：「我為何要騙你？」

程玉菲道：「你把事情跟我具體說說，我要去查查這件事。」

麻雀道：「我已經跟陳昊東說了，不許他再打虞浦碼頭的主意，他答應了，他還答應一定會查清葉青虹被襲擊的真相，一定會給我一個交代。」

程玉菲道：「麻雀，我們是朋友嗎？」

麻雀道：「我從未懷疑過，也不會動搖。」

程玉菲道：「我給你一個建議，離陳昊東這個人遠一些。」

麻雀道：「事情不是你想的樣子。」

程玉菲道：「我不喜歡他！」

海風很大，冬季的海風冰冷徹骨，無孔不入地鑽入你的身體裡，人在甲板上不一會兒就會把你的骨頭縫都灌滿，突然降臨的這場寒潮讓氣溫下降了十度。葉青虹和小彩虹待在溫暖的船艙內，羅獵用現代設計理念裝修的船艙讓這裡充滿了溫馨的家居感，小彩虹一邊跟著葉青虹學著唱歌，一邊在佈滿窗花的舷窗上畫著，透過手指融化的軌跡，她看到父親站在外面。

小彩虹道：「爸爸！」

葉青虹湊了過去，看到甲板上的羅獵此時正迎著寒風站著，是在欣賞海景吧？

自從離開黃浦，葉青虹的心情開始漸漸恢復，羅獵有句話沒有說錯，他們還年輕，還有的是機會，這段時間葉青虹都處於傷心難過中，很少去關注羅獵的狀況，望著羅獵的背影，她忽然意識到羅獵這段時間肯定不會好過，失去的這個小生命畢竟屬於他們兩人，她有多傷心，羅獵有多難過，而且羅獵還要在自己的面前強顏歡笑，還要時刻不忘安慰自己。

是時候應該揮別過去了，葉青虹提醒自己，只有儘快從痛苦中擺脫出來，才能迎接新的生活，而羅獵才會好過一些。

葉青虹去拿衣服，準備將羅獵叫進來，小彩虹道：「媽媽，外面下雨了！」

葉青虹順著她所指的方向望去，看到羅獵的身影已經消失在甲板上，這時候艙門開了，羅獵帶著寒氣走了進來，笑道：「下雨了！」

葉青虹白了他一眼道：「這麼冷的天，跑外面幹什麼？是不是嫌我們娘倆礙著你的眼了？」

羅獵哈哈笑道：「怎麼可能，我疼都疼不過來。」他伸手將小彩虹抱了起來，用臉蹭了蹭小彩虹柔嫩的小臉。小彩虹卻被他的鬍渣蹭得有些疼，揉了揉小臉，想要掙脫開他的懷抱。

羅獵笑道：「我女兒已經開始嫌棄我了。」

小彩虹道：「爸爸臉上的鬍子好硬。」

羅獵摸了摸，小孩子的肌膚到底嬌嫩。他將小彩虹放下，小彩虹道：「爸爸，咱們什麼時候才能回來呀？」

羅獵道：「咱們才剛走，怎麼就想著回去？」

小彩虹道：「我有一段時間見不到小哥哥了，也沒人陪我玩了。」

羅獵這才明白小彩虹想的是什麼，他笑道：「又不是永遠不回去，等過了年，咱們就回去，那就又可以和小哥哥一起玩了。」小彩虹聽他這樣說，頓時開心起來。

小孩子家閒不住，羅獵擔心她影響葉青虹休息，讓吳媽把她帶到房間去玩。

來到葉青虹身邊，展臂將她擁入懷中，葉青虹道：「怎麼了？」

羅獵道：「我就是想好好抱抱你，親親你。」

葉青虹捧起他的面龐道：「是不是心裡有事？」

羅獵搖了搖頭：「青虹，對不起。」

葉青虹捂住他的嘴唇：「別說這樣的話，你沒什麼對不起我的地方。」

羅獵道：「有，如果那天我不讓你去見麻雀，就不會遇到那樣的事情。」

葉青虹道：「是我自作主張，跟你又有什麼關係？你總是把責任攬到自己的身上，如果要說對不起，也是我對你說才對。」

羅獵道：「青虹，過去的事情讓它過去，咱們以後好日子多著呢。」

葉青虹抵住羅獵的額頭道：「有時候想想，上天給我們的已經夠多，我已經有了你，有了小彩虹，又何必過於苛求。」

羅獵吻了吻她的櫻唇，柔聲道：「這次去滿洲，我有個想法，咱們重新走一遍當年去過的地方如何？」

葉青虹美眸生光，她想起了和羅獵最初認識的時候，點了點頭：「好！」

第四章

再見福伯

羅獵想起了麻雀和福山宇治，現在麻雀身在黃浦，
福山宇治也已經死在了圓明園地宮之中，俱往矣！
羅獵看到一位身穿灰色長衫的老人迎面走了過來，
剛好和他打了個照面，兩人目光交匯之時，
羅獵內心劇震，那老人向他露出禮貌謙和的微笑。

七日之後，遊艇在瀛口的吉慶碼頭靠岸，這一路無風無浪頗為順利，七天的時間不算長也不算短，小彩虹開始坐船時的新奇已經漸漸消失，雙腳重新踏上了陸地，竟然如同出籠的小鳥般歡呼雀躍。

氣溫雖然很低，不過天氣晴好，陽光非常刺眼，葉青虹把小彩虹叫住，將墨鏡給她戴上。按照他們原來的計畫，在瀛口登陸之後，他們會在瀛口待幾天，然後乘火車前往奉天，葉青虹在奉天有房產，而羅獵在奉天也有一座木器廠。他們會在奉天等待張長弓和海明珠的到來。

羅獵對瀛口還算熟悉，要說來到這裡的原因還是接受了葉青虹的委託，來此對付她的殺父仇人劉同嗣，那時劉同嗣還是遼沈道尹公署的署長，一晃幾年都已經過去，當年葉青虹的幾位殺父仇人如今都已經得到了應有的下場，這些曾經風光一時的人物，在短短幾年內迅速被人遺忘，在漫長的歷史長河中他們只不過是微不足道的漣漪，微風過後，甚至連痕跡都未曾留下。

現在的瀛口日方勢力非常猖獗，比起過去更甚，走在大街上隨處可以看到來來往往的日本浪人。葉青虹在新市街也有物業，這是一間日式町屋，房屋雖然不大，可是擁有一座極其雅致的園林，說起來當年買下這裡還是因為要對付劉同嗣的緣故，葉青虹已經許久沒有來此，一直交給一對日本老年夫婦代為打理，月前決定來此的時候，葉青虹特地給他們發了電報，所以這邊也提前做了準備。

羅獵喜歡這裡的幽靜，因為地處日管區，這邊的治安肯定比其他地方更好一些。安頓好之後，羅獵去周圍轉轉，不知不覺來到了南滿圖書館，這南滿圖書館過去是福伯在負責。

看到南滿圖書館自然想起了麻雀和福山宇治，現在麻雀身在黃浦，福山宇治也已經死在了圓明園地宮之中，俱往矣！羅獵正準備前行的時候，卻看到一位身穿灰色長衫的老人迎面走了過來，羅獵剛好和他打了個照面，兩人目光交匯之時，羅獵內心劇震，那老人向他露出禮貌謙和的微笑。

羅獵第一眼就認出這位老者是福伯無疑，可從對方的目光來看，他對自己似乎並無印象，擦肩而過之後，羅獵走了兩步又轉過身去，那老者卻沒有回頭，向南滿圖書館的大門走去。

羅獵終於還是按捺不住心中的好奇，他快步走了過去：「福伯！」

那位老人停下腳步，緩緩轉過身來：「你在叫我？」

羅獵點了點頭道：「您不記得我了？」

老人打量著羅獵，花白的眉毛向中心擰起，他搖了搖頭道：「我還沒有老糊塗，我從來都沒有見過你。」

羅獵道：「您認識麻雀嗎？」

老人點了點頭道：「不認識。」

羅獵道：「您在這裡工作有多少年了？」

老人道：「一直都在。」他向羅獵笑了笑道：「認錯人是常有的事情，小夥子，我真沒見過你。」他指了指南滿圖書館道：「最近十年我都在這裡負責典籍的整理工作，來南滿圖書館的人也不少，可能你我在什麼地方碰過面，但是我對你的確沒有印象，小夥子，你貴姓啊？」

羅獵笑道：「可能是我認錯人了，老先生不要介意。」

羅獵目送他的背影消失之後，自己也沒有繼續前行，而是回到了他們所住的町屋，小彩虹子啊院子裡玩得不亦樂乎，現在的年齡正是無憂無慮的時候，吳媽在一旁看著她，看到羅獵回來，吳媽笑道：「先生回來了，夫人正在廚房呢。」

羅獵道：「廚房？」

吳媽道：「我本不想讓她沾手，可夫人非要親自下廚。」

羅獵點了點頭，小彩虹叫了聲爸爸，繼續盪著秋千。

羅獵把大門關了，讓吳媽看好她，自己則來到廚房內，看到葉青虹正在廚房裡面準備食材，羅獵道：「不是說讓你別碰冷水嗎？」

葉青虹聽到聲音才知道他回來了，抬頭笑道：「不是冷水，我還不知道呢，這院子裡居然有溫泉，水都是溫的，你摸摸。」

羅獵走過去將手探入水盆之中，果然非常溫暖，葉青虹道：「我過去都不知道，還是那對日本夫婦打井的時候偶然發現的，你說巧不巧，他們還在後面的院子裡挖了個溫泉池，小木屋裡面就是。」

羅獵笑道：「那咱們今晚豈不是就能一起泡一泡了？」

葉青虹羞澀地皺了皺鼻子，看樣子是不反對的。

羅獵道：「你別累著了，我讓吳媽來。」

葉青虹道：「我可沒那麼金貴，再說我這次是小產又不是生孩子，沒必要坐月子吧，在歐洲我可沒聽說過有女人生了孩子坐月子。」

羅獵道：「老祖宗傳下來的東西，你可不能不信。」

葉青虹道：「我沒弄什麼，就是準備一些食材，咱們晚上涮鍋吃。」

羅獵點了點頭道：「好啊！」

葉青虹道：「你去吧，再過十多分鐘就能吃飯了。」

羅獵道：「我就在這兒陪著你，有什麼要我打下手的？」

葉青虹道：「你刀工好，把牛羊肉給片了，越薄越好。」

羅獵應了一聲，操刀開始片已經凍好的牛羊肉，這對他來說毫無難度，切了兩刀，葉青虹旁邊看了一眼，禁不住笑了起來：「我讓你片薄點，可沒讓你切得跟紙一樣。」

羅獵道：「你說要越薄越好。」

葉青虹道：「你什麼時候那麼聽我話啊？」

「一直都聽。」羅獵切得飛快，肉片厚薄剛好，均勻一致。葉青虹道：「你這一出手，咱們很快就能開飯了。」

羅獵將切好的一盤肉先放在外面凍著，等吃的時候再端進來，省得還沒開吃就已經融化。

葉青虹將火鍋準備好了，羅獵讓小彩虹他們進來吃飯，雖然是出門在外，可吳媽仍然像過去那般謹守規矩，說什麼也不願意和他們同桌吃飯，幫忙準備之後，一個人去廚房下麵吃了。

葉青虹也不勉強她，讓小彩虹坐在她身邊，提醒小彩虹千萬不可以碰火鍋，以免燙傷，這才開飯。

食材新鮮，羅獵的刀工又是超一流水準，切出的肉片格外好吃，平時吃肉不多的葉青虹也吃了不少，小彩虹更是胃口大開，不過小孩子家吃了一會兒就飽了，讓吳媽帶著去臥室撒歡兒，畢竟過去她沒住過這種日式町屋，對榻榻米頗為好奇。

葉青虹等孩子走了方才想起忘了喝酒了，她去取了一瓶清酒給羅獵倒上，自己也倒了一杯。

羅獵喝了口清酒道：「這酒太淡。」

葉青虹道：「有得喝就不錯了，要求還挺高。」

羅獵笑道：「哪兒弄來的酒啊，沒見你出門。」

葉青虹道：「那對日本夫婦給留下的，說是送給咱們的禮物。」

羅獵道：「要說日本人也有好人啊。」

葉青虹道：「哪兒都有好人，哪兒也都有壞人，一個人的身上也會同時存在好壞兩樣不同的因素，所以，世事無絕對。」

羅獵道：「我感覺你越來越有深度了。」

葉青虹瞪了他一眼道：「你的意思是我過去很膚淺？」

羅獵道：「沒這意思。」

葉青虹道：「你就這意思，我的深淺你知道啊。」

羅獵笑著點了點頭道：「知道，知道。」

葉青虹這才意識到這廝是什麼意思，俏臉紅了起來，啐道：「沒正經的傢伙，吃飯！」

羅獵道：「飽暖思淫欲，你不怕我吃飽了，那……啥……」

葉青虹道：「為妻我倒是有心成全你，可惜心有餘而力不足，老公，您就耐心等著吧。」

羅獵哈哈大笑，葉青虹也笑了起來。望著她臉上明豔的笑容，羅獵倍感欣慰，葉青虹終於從陰影中走了出來，從今以後，他絕不會讓任何人傷害到自己的家人。

溫泉很好，羅獵和葉青虹沐浴在溫泉中，感覺到難得地放鬆，葉青虹坐在羅獵的對面，俏臉讓熱氣蒸得蘋果般紅潤，池子不大，兩人剛好，儘管如此，他們的腿還是交纏在一起。

羅獵閉上眼睛，將腦子裡的旖旎念頭摒除出去。

葉青虹道：「都不看我，是不是覺得厭煩了？」

「百看不厭，多看一眼就多愛一點，我怕陷得太深。」

葉青虹笑了起來：「你啊，過去我可沒發現你那麼會說話。」

羅獵道：「對了，你猜我剛才出門的時候遇到誰了？」

葉青虹道：「別賣關子，我現在腦子不夠用。」

羅獵道：「福伯！」

葉青虹聞言一怔，心中充滿了不可思議，羅獵不是說福伯已經死了？難道死去的人可以復生？這應該是不可能的事，可羅獵應該不會對自己撒謊，他也不太可能看錯。葉青虹道：「這世上長得像的人很多，也許根本不是同一個人。」

羅獵道：「應該不會有錯，除非這位福山宇治先生還有一位同胞兄弟，又或者他根本就是個複製體。」

葉青虹聽羅獵說過複製人的事情，她搖了搖頭道：「可能掌握複製的只有藤野家族吧。」

羅獵道：「所以，前者的可能性更大。」

葉青虹道：「你想查他的底？」

羅獵道：「我就是感到奇怪。」

葉青虹道：「別忘了，咱們來滿洲的初衷，你不會再想多管閒事吧？」

羅獵搖了搖頭道：「不會，你放心吧，咱們明天就去奉天。」

葉青虹道：「不著急，小彩虹蠻喜歡這裡，咱們多待兩天也行，不過你不能再去找那個什麼福伯，還嫌麻煩不夠多嗎？」

羅獵現在對葉青虹是言聽計從，他笑著點了點頭道：「行，我都聽你的，這兩天我陪著你們除了吃就是玩，其他的事情什麼都不做。」

葉青虹柔聲道：「只要跟你們待在一起，不出去都行。」

羅獵道：「那咱們就在家裡待著，哪兒都不去。」

葉青虹笑道：「我是說多待兩天，沒讓你足不出戶，你願意，孩子還不願意呢。」

再次來到西炮台，羅獵和葉青虹的身邊已經多出了一個小朋友，少年不知愁滋味，小彩虹這樣的年紀當然更不會知道愁為何物，來到西炮台的時候，天空中飄起了鹽粒子，這還是瀛口今年的第一場雪，小彩虹因為這場雪的到來而歡呼雀躍，在她的記憶中仍然記得在蒼白山木屋的時光，那段時光對她來說是溫馨且難忘的，其中最重要的部分就是雪。

葉青虹望著眼前的西炮台，腦中回憶著她上次和羅獵一起過來的情景，轉眼之間，匆匆數年，她仍然記得當時向羅獵講述內心鬱悶的時候，時過境遷，在那次復仇的過程中，她也在漸漸變得成熟，也開始重新評判父親生前的所作所為。

每個人都有兩面性，在葉青虹的心中她始終認為自己的父親憂國憂民，可後來漸漸發現父親仍然跳脫不出對皇權的看重，事實上父親想要改變這個國家的命運是要通過登上皇位來實現。在通往目標的過程中，父親也採用了不少的手段，她現在所擁有的巨大財富，也不是父親通過正當手段獲取的。

羅獵道：「還記得上次咱們來這裡的情景嗎？」

葉青虹挽住他的手臂道：「記得，當時你還跟我討價還價來著。」

羅獵笑了起來：「還不是因為你要脅我？」

葉青虹道：「我太笨，非但沒有要脅成功，反倒把自己也搭進去了。」說到這裡連她自己都忍不住笑了起來，在前面炮台玩耍的小彩虹聽到他們笑轉過頭來：「爸爸、媽媽，您們笑什麼？」

葉青虹道：「你爸爸笑我笨呢。」

小彩虹道：「我媽媽才不笨，爸爸才笨。」

羅獵笑道：「看看，女兒都不跟我親了。」

葉青虹道：「我們家小彩虹幫理不幫親。」

小彩虹跟著點了點頭，此時看一位穿著灰色棉衣的老人爬上了炮台，通往炮台的台階有些陡峭，老人卻健步如飛。

葉青虹警惕地望著那老人，自從上次遇襲之後，葉青虹就變得敏感，見到外人總是第一時間產生警惕之心，羅獵知道她仍然需要時間來彌合傷口，不過這次葉青虹的警惕並不是沒有原因的，羅獵很快就認出那位老者竟然是福伯。

來到瀛口的時間不長，就遇到了福伯兩次，這就不能用巧合來解釋了。

福伯看到炮台上的一家三口，他的表情帶著錯愕，不過他很快就反應了過來，向羅獵笑了笑道：「這位先生，還真是巧，你不會一直跟著我吧？」

羅獵笑道：「我還以為老先生跟著我呢。」

福伯哈哈笑了起來，他的笑聲很洪亮：「我每天都會來這兒鍛煉，不信你可以去打聽打聽。」

葉青虹打量著福伯，昨天她聽羅獵說的時候還以為只是兩個長得相似的人，可今天見到，葉青虹暗忖，難怪羅獵會感到迷惑，這位福伯根本就和過去一模一樣，如果說區別，只能說他的樣子老了一些。

福伯意識到葉青虹也在看著自己，他咳嗽了一聲道：「這位夫人不會也認識我吧？」

小彩虹道：「老爺爺好！」

福伯被她脆生生的呼喊聲吸引了過去，嘖嘖讚道：「好漂亮的女娃兒，你們好福氣啊，居然生得那麼漂亮的女兒。」他躬下身子向小彩虹道：「小姑娘，想不想看變戲法兒？」

小彩虹道：「想！」

福伯拿出一枚銀元，在右手中展開，讓小彩虹記住那隻手，然後將那隻手送到小彩虹面前道：「你吹一口氣。」

小彩虹吹了口氣，然後抓住福伯的右手：「還在裡面！」

福伯笑道：「可是我左手裡有啊。」小彩虹堅決不信，可福伯張開左手，只見他的左手中果然有一枚銀元，小彩虹道：「老爺爺，您一定把另外一枚銀元放在右手裡，兩隻手裡面都有。」

羅獵和葉青虹都笑了起來，女兒還真是聰明。

福伯張開右手，讓小彩虹目瞪口呆的是，他的右手中空無一物，看來銀元果真拋到了他的左手中。

這種江湖戲法其實就是障眼法，可在羅獵這位高手面前的確要有一些真本事。小彩虹卻因為老人家的表演而開心不已，非得讓福伯再表演一個，看得出福伯對小彩虹頗為喜歡，當真是有求必應，一連變了三個戲法，然後耐心將這幾個戲法的要訣告訴小彩虹。

小孩子的求知欲都極強，小彩虹聽得認真，不過這會兒雪卻有些大了，葉青虹擔心福伯對他們不利，輕聲提醒道：「這雪越來越大，咱們還是趕緊走吧。」

葉青虹牽著小彩虹的手走了下去，羅獵和福伯有意無意落在後面，福伯道：「看到這孩子，我忽然想起了很多年以前，也有個像她這樣的小姑娘纏著我學戲法兒。」

羅獵道：「是麻雀吧？」

福伯內心一怔，他想不到羅獵居然這麼容易就猜到自己說誰，這次他居然沒有隱瞞，點了點頭道：「是她，麻博軒教授和我是老朋友，所以她小的時候我就認識。」

羅獵道：「如此說來，咱們還是見過面了？」

福伯仍然搖搖頭道：「沒見過，我雖然聽說過你，可我從來都沒見過你。」

羅獵道：「你既然不肯承認，那我也沒有辦法。」他總覺得身邊的福伯和過去好像有些不一樣，可具體不一樣在什麼地方，他也說不出來。

福伯道：「福山宇治是不是已經死了？」

羅獵看了看他，福伯既然這麼問，就證明他不是福山宇治，難道他真是福山宇治的兄弟？羅獵道：「告訴我你到底是誰？我就告訴你他的事情。」

福伯歎了口氣道：「我也不瞞你，我是他的雙胞胎哥哥，我們家窮，養不起兩個孩子，所以他從小就被人收養了，我也不知道他去了什麼地方，只知道收養他的是一對日本夫婦，原本我以為這輩子都不可能見到他的，可後來我的老友麻博軒因為生病，我為了護送他，有生以來第一次去了日本。」

羅獵漸漸理清了其中的脈絡，福伯和福山宇治果然是兩個人，他們是雙胞胎兄弟，只是因為天意弄人，所以才變成了天各一方。

福伯娓娓道來，他去日本之後很快就遇到了福山宇治，福山宇治一直都知道他的父母家鄉，至於他為什麼不回去，福山宇治說怕打擾他們的生活，可福伯認為，這位同胞兄弟的心中一定對父母當年將他送人的行為頗為憎恨。

福山宇治在日本給了麻博軒許多的幫助，不過他從未在麻博軒面前現身，讓麻博軒認為一切都是福伯在做，他還讓福伯為他嚴守秘密。後來的某一天兩兄弟在一起喝酒，不知不覺福伯喝多了，等他醒來發現自己已經待在了監獄中。

羅獵也想不到這其中竟然有那麼多的離奇經歷，既感歎於福山宇治的狠毒，又感慨於福伯的苦命，遇到了這樣不念親情的兄弟實在是太讓他傷心了。

羅獵聽完之後道：「可您又是如何從日本的監獄中逃出來的？」

福伯道：「總有辦法。」

羅獵曾經聽瞎子說過福伯是盜門中人，而且是盜門高手，看來福山宇治和他相遇之前，福伯已經身為盜門中的元老人物，當他們兄弟相認之後，福山宇治在得知大哥的身分之後，應當是產生了歹念，所以他才會將自己的親大哥投入日本監獄，而他則頂替並利用福伯的身分成功混入了盜門。羅獵不由得感歎兄弟之間的親情如此涼薄，既然福伯是盜門中的頂級高手，逃出監獄應該不難。

羅獵道：「你離開監獄之後為何不揭穿他？」

福伯淡然笑道：「他對我不仁，我又怎能對他不義，我好不容易逃離了監獄，輾轉回到國內，發現他已經完全變成了我，我不知他在這段時間做了什麼，於是跟蹤他，想要調查清楚他的事情，當時是在北平，我發現他是為日本人工作，是個日本間諜，我正準備將他制住的時候，他卻突然在一晚失蹤了。」

羅獵點了點頭，福山宇治失蹤應當是在圓明園的時候，羅獵又詢問了一下時間，剛好相符。

福伯道：「我當時還不敢現身，可後來發現他就這樣神秘失蹤，根本無人關注。」他停頓了一下笑道：「可能日本人在關注吧。」他的笑容多少有些酸澀。

羅獵道：「於是您老決定用自己的身分重新出來？」

福伯點了點頭道：「我總不能永遠過著見不得天日的生活，更何況這身分原本就是我的，平心而論，我既希望他從此死去，可心底又念及手足之情，希望他能夠平安，你說奇怪不奇怪？」

羅獵道：「您老有這樣的想法並不奇怪，畢竟是血濃於水。」

福伯道：「當我拿回自己的身分之後，卻發現許許多多的事情都已經有了改變，這其中變化最大的要數盜門。」

羅獵道：「盜門怎麼了？」

福伯道：「這幾年他利用我的身分扶植親信力量，竟然形成了一股極其龐大的親日力量。」

羅獵點了點頭，聯想起當初福山宇治和日方親密的關係，福伯所說的的確是事實。

福伯道：「我這輩子最後悔的就是和這個人相認，後來我發現，他雖然死了，可是他培養出的人卻已經成為盜門的中堅力量，盜門門主的死亡也可能跟他有關。」

羅獵道：「您說的是盜門門主陳延慶？」

福伯道：「是！不但門主死了，而且和他關係親密的一些骨幹力量也都被清除掉，盜門當家作主的是鄭萬仁，他自封什麼大長老。」

羅獵道：「陳昊東呢？」

福伯不屑笑道：「一個傀儡罷了，年少輕狂，他以為自己會子承父業，可實際上呢？」

羅獵道：「您老沒有跟麻雀聊過？」

提起麻雀，福伯歎了口氣：「她應當是知道內情的，不過這次歸來之後，她明顯和我疏遠了，有些事她從未說過，我也不便提。」

羅獵道：「您老現在就打算在瀛口安享晚年？」

說話間已經來到了炮台下，葉青虹牽著小彩虹的手等著羅獵。

福伯笑道：「雪越來越大了，羅先生，如果你們一家沒什麼安排，去圖書館坐坐吧，咱們再聊幾句？」

羅獵向葉青虹看了看，畢竟昨天才答應葉青虹這段時間就陪在她和孩子的身邊哪裡都不去，總不能這麼快就食言。葉青虹溫婉一笑道：「既然福伯誠意相邀，你就答應了吧。」

小彩虹自然開心，她對這個變戲法的老爺子非常喜歡。

南滿圖書館還是過去的樣子，葉青虹不耽擱他們聊天，帶著小彩虹去圖書館裡看書了。

福伯將羅獵請到茶室，這茶室完全是日式風格的佈置，羅獵環視這間茶室，福伯向他介紹道：「這間茶室是他留下的，我看著喜歡，就留下來了。」

羅獵留意到牆上掛著的一幅字，上面寫著室雅茶香四個字，羅獵留意到落款雖然是一個人，可是這四個字卻明顯有兩種風格。

福伯道：「前兩個字是我寫的，後面兩個是他，算是我們兄弟兩人留下的唯一念想了。」

羅獵道：「過去的事情就過去了，您老也不必再掛懷了。」

福伯道：「他的事情我可以不去想，可盜門的事情我卻不能坐視不理。」他抬起雙眼盯住羅獵道：「你們家的事情我聽說了，想要查清這件事很難，必須要有盜門中人幫你。」

羅獵笑了起來，福伯不可能無緣無故地幫助自己的，他淡然道：「事情已經過去了，我妻子不想提，也不想讓我追究。」

福伯道：「我不信你真能這麼算了，你知不知道你已經被盜門列為公敵，從你幫助安翟的那一刻起，你知不知道安翟是陳九梅的外孫子？」

羅獵道：「您老就這麼肯定安翟的事情就是我做的？」

福伯道：「除了你還有誰？其實你承不承認無所謂，關鍵是盜門認定是你做的。」他搖了搖頭，拿起茶壺給羅獵倒了兩杯茶，其中一杯遞給了羅獵，羅獵雙手接過，以示對他的尊重。

福伯道：「盜門的勢力是你無法想像的，你幫助安翟的時候只是兄弟義氣，並沒有考慮後果，你知不知道陳九梅是誰？」

「聽說是盜門第一高手。」

福伯道：「外人又怎能知道內幕？陳九梅是陳延慶的親姑姑，我們老門主的女兒，她的天分要在陳延慶之上，老門主甚至動了要破除傳統將門主之位傳給女兒的心思，可是誰都沒有想到，陳九梅會盜取翡翠九龍杯和南山經之後不知所蹤，這也只是表面現象，其實陳九梅之所以失蹤，是因為她喜歡上了一個人，但是老門主說什麼都不同意，於是她決定離開盜門和心上人雙宿雙棲，成功盜取這兩樣寶貝，以此為條件，想要逼迫老門主答應。」

羅獵沒想到這件事居然也是因情而起，看來陳阿婆年輕時的性情還真是剛烈，回想起過去自己和她相處的點點滴滴，老人家藏得很深，從未流露過半點的破綻。

福伯道：「只是人算不如天算，陳九梅並沒有想到她的做法會導致清廷盯上了盜門，對盜門大肆清剿，面對如此彌天大禍，就算是老門主同意了她的婚事也不可能饒恕她犯了幫規的事實。自此以後陳九梅只能和她丈夫亡命江湖，沒幾年她的丈夫就死了，不過這陳九梅也算是很有本事，這麼多年居然可以隱姓埋名，不露風聲，盜門這麼大的勢力也沒有將她查出來。」

羅獵想起陳九梅暴露身分還是因為福伯，內心不由得一怔，當時看出瞎子手法的是福山宇治，這福山宇治能有那麼厲害？

福伯道：「盜門之中最為獨到的是陳家的手法，陳九梅深得老門主真傳，我雖然沒見過安翟，可是聽說這小子因為露了手法，而被人盯上。」

羅獵道：「福山宇治也懂得盜門之術？」

福伯道：「他從我這裡學走了不少的東西，而且我們是雙胞胎，你信不信心靈感應？」

羅獵點了點頭。

福伯道：「他死的時候我就感應到了，而且許多的東西，他無師自通。」他笑了笑道：「其實安翟真正暴露身分還是在陳九梅死後，他居然去他外公的墳前燒紙，盜門做事有個原則，只要是被盜門盯上的，不管過去多少年，不管花費多大的精力都會一盯到底，不死不休，除非門主發話。」

羅獵聽得有些心驚，如此說來自己的麻煩還早著呢，他低聲道：「現在的盜門門主就是陳昊東嗎？」

福伯搖了搖頭道：「他有什麼資格成為盜門門主？盜門可沒規定這位置可以世襲，不過他如果能夠找到鐵手令就有可能了。」

羅獵雖然不知道鐵手令是什麼，可從福伯的話中來分析，鐵手令應當是一個可以號令盜門的令符，不過這種東西應當只有象徵性的意義，在如今的年代或許起不到太大的作用。

福伯道：「盜門中有七大長老，想要成為門主必須獲得多數支持，而現在只有鄭萬仁一個支持他。」

羅獵道：「您老也是長老之一。」

福伯道：「其餘五人死的死，亡的亡，所以只有我答應支持他，他才能夠名正言順地成為門主，如果我不答應，他這輩子只能當小門主。」

羅獵笑了起來，聽起來的確解氣。

福伯道：「你別笑，不過我這把年紀了可能笑不到最後，鄭萬仁那個混蛋正在計畫增加長老，以此來將我邊緣化，徹底排除出盜門的中心圈。」他說到這裡心中氣憤，將手中的茶盞重重頓在了桌上：「休想，只要我還有一口氣在，就不能看著盜門被這幫奸佞之徒左右。」

羅獵道：「只要您老能夠找到其他的長老，或許還有翻盤的機會。」

福伯搖了搖頭道：「他們可能都不在了。」他神情黯然，心中湧現出輝煌落幕的失落和感傷。

羅獵卻從他的雙目中找到了不屈和倔強，福伯應當是不甘心盜門目前的這種狀況的。

福伯道：「你想要徹底擺脫麻煩，就必須要盜門的門主出來說話，水能載舟亦能覆舟，你不要把整個盜門都看成你的敵人，你我聯手應當可以做出一些改變。」他的表情充滿了期待。

羅獵道：「福伯為什麼選中了我？」

福伯道：「發生在你太太身上的事如果真是盜門做的，也是讓盜門蒙羞的一件事，我不說大話，在滿洲只要我說不，盜門上下誰都不敢動你們一根指頭。」

羅獵知道他在向自己展示他的實力，想要尋求合作，首先就要證明自身的實力，福伯顯然明白這一點。

羅獵道：「你老到底想要什麼？」

福伯道：「公道，我不能讓盜門蒙羞，我更不能讓傳承那麼多年的盜門最終淪落為小日本利用對付中國人的工具。」

羅獵內心不由得激動起來，福伯這樣的年紀都擁有這樣的豪情，自己又怎能忍心說不，他淡淡笑道：「您老也知道，我這次是陪著家人過來放個大假。」

福伯道：「我有個不情之請。」

羅獵點了點頭。

福伯道：「我看你是個可造之材，想收你為徒，不知你意下如何？」

羅獵愣了，萬萬沒有想到福伯會提出這樣的要求。

福伯道：「你不要誤會，我收你為徒可不是為了要教你武功和做人的道理，這方面我興許還不如你，我的意思是教你一些盜門的功夫，當然，你如果看不上這些不入流的功夫，那就當我什麼都沒有說過。」

羅獵和這位真正的福伯接觸的時間並不長，雖然彼此之間坦誠相待，可是福伯突然提出這樣的要求的確有些冒昧了，任何人都要懷疑他想要收徒的動機，可羅獵卻看得更加深遠，福伯是想和自己聯手重整盜門之風氣，他的目的可能並不是要教給自己什麼盜術，更不是什麼武功，而是要通過這種方式來給自己一個身分，認福伯為師父之後，自己就是盜門長老的親傳弟子，也就擁有了和陳昊東平起平坐的資格，而這一身分也決定盜門中人以後不得再對他以及他的家人下手，此乃盜門大忌。

羅獵短暫的思索之後，當即在福伯的面前跪了下來：「師父在上，請受徒兒一拜！」他恭恭敬敬給福伯叩了三個響頭。

福伯雖然收羅獵為徒隱藏著不少的秘密，可是當羅獵跪拜他的時候，內心仍然難免感到激動，他這輩子沒有結過婚，無兒無女，曾經收過三個徒弟，可都已經先他而去了，他本來想不再收徒，可看到盜門的現狀，福伯痛心疾首，他也聽說了盜門對羅獵所做的事情，他也不是單純想要幫助羅獵，也是希望借助這個年輕人，可以幫助自己整頓盜門的風氣。

福伯將盜門的門規告訴羅獵，然後接了羅獵給自己奉上的茶，飲茶後，福伯將羅獵從地上扶了起來，他輕聲道：「我收你當徒弟的事情會通告盜門，以我的身分，自然犯不著去邀請那些晚輩作證，徒弟啊，我也不瞞你，盜門將陳九梅一家的事情算在了你的身上，我收你為徒，可以保住你在滿洲無慮，可是想要解除整個麻煩，讓你的朋友也平安無事，除非一件事，那就是你自己成為盜門門主，到時候你說什麼就是什麼，誰也不會再找你們的麻煩。」

羅獵才認他當師父，福伯就給他立了一個如此宏偉的目標，羅獵笑了起來：「不瞞師父，我這個人對名利一向是無所求的。」

福伯道：「我也是看中了你這一點，你若是野心勃勃，利慾薰心之人，我也不會選中你。咱們這盜門雖然名字不好聽，可是門規也是極嚴，這些年來隨著發展壯大，門中也混入了不少別有用心之人，導致如今良莠不齊的現狀，你是我徒弟自然就是盜門中人，以後要禁守門規，不可做為非作歹之事。」

羅獵其實剛才仔細把門規聽了一遍，盜門的門規真是好的，盜也是劫富濟貧的俠盜，可正如福伯所說，這一門派太大，加上管理混亂才導致了目前內部四分五裂，東西南北各自為政，甚至連一個像樣的門主都選不出來。

羅獵將葉青虹和女兒叫來，告訴她們自己拜師的事情，葉青虹聽說之後，也是倍感欣慰，羅獵拜這位盜門長老當師父，就意味著在滿洲盜門不會再找他們的麻煩，即便是以後回到黃浦，同門中人聽說此事之後，想要對他們家不利也得先考慮清楚。

葉青虹讓小彩虹叫福伯爺爺，福伯聽到小彩虹脆生生的聲音早已樂得眉開眼笑，開心地連連點頭：「好孩子，乖，乖！」他想起了什麼，摸索了一下，從身上拿出了一個小小的掛件。

羅獵夫婦看得清楚，那掛件是一隻黑鐵手掌，葉青虹尚且不覺得什麼，羅獵卻猜到這掛件很可能就是盜門的聖物鐵手令，他也沒想到鐵手令原來一直都在福伯手裡，更加沒有想到福伯居然將這麼重要的東西隨隨便便送給了自己的女兒，羅獵本想阻止，卻見小彩虹已經開開心心接了過去，羅獵看了看福伯，福伯向他笑了笑，笑容中滿懷深意。

羅獵頓時明白，原來師父擔心自己會謝絕，所以轉而將鐵手令給了小彩虹，其實給小彩虹等於給自己，羅獵道：「小彩虹，一定要將這禮物保存好了。」

小彩虹重重點了點頭：「謝謝爺爺。」

福伯哈哈大笑，他起身去辦公室內，過了一會兒，帶著一本書出來，這本書乃是線訂手抄，上面的每一個字和圖案都是老爺子親筆描畫的，他遞給羅獵道：「收你當徒弟我這做師父的也不能太小氣，這本書是我畢生積累所得，你拿去看，就算學不會手法，可讀完之後對你的眼界提升應該有很大的作用。」

羅獵道：「師父，您送我這麼多東西，我都不好意思了。」

福伯道：「沒什麼不好意思的，你是我徒弟，我在這世上也沒什麼親人，我所有的東西以後都是你的。」

葉青虹一旁看著，暗暗為羅獵高興，他們當然不會在意福伯的什麼財產，可葉青虹總覺得羅獵多一個親人，多一份牽掛總是好的。

福伯向葉青虹道：「葉小姐。」

葉青虹道：「師父，您可別再這麼叫我，不然就見外了，您叫我青虹。」

江湖中人向來豁達，福伯也沒再客套，微笑道：「青虹，中午你們就留下吃飯吧，我給你們露一手。」

福伯的廚藝相當高超，最近幾年專研廚藝的葉青虹也佩服不已。

飯後羅獵和福伯聊了一些盜門的掌故，對這個被稱為天下第二大門派的盜門有了一定的瞭解。

第五章

長老的徒弟

陳昊東的腦袋嗡的一聲就大了，這事兒有點天方夜譚，
羅獵和福伯什麼時候搭上的交情，羅獵去滿洲沒幾天吧？
怎麼這麼快就變成了福伯的徒弟，
羅獵現在是盜門中人，而且是長老的徒弟。

陳昊東認為羅獵這次的離去是在某種程度上的認輸，想起他此前說過的要讓自己離開黃浦的話，陳昊東越發覺得好笑了，就算他們夫婦有錢，在法租界也有關係，可這個時代僅僅依靠這兩樣東西還不夠，想要單打獨鬥，尤其是面對這麼大一個盜門，怎麼可能？

在葉青虹的事情發生之後，陳昊東主動約了麻雀幾次，都被她拒絕。

麻雀知道陳昊東在追求自己，可現在她的心中已經裝不下任何人，難道真應了曾經滄海難為水，除卻巫山不是雲的那句話。黃浦的這個冬天，濕冷且漫長，就算坐在壁爐旁，麻雀仍然感覺到發自內心的寒冷，腦海裡時不時會想起羅獵的樣子，想起在醫院，羅獵將自己完全看成一個陌生人的眼光。從那刻起，麻雀對羅獵死了心，她知道在羅獵心中自己根本無法和葉青虹相比，更不用說已經離去的顏天心和蘭喜妹。

「夫人！」女傭小心道。

麻雀皺了皺眉頭，她討厭自己在沉思的時候被打斷，只有在這種時候，她才可以擁有一個完全自我的世界。

女傭知道自己伺候的主人喜怒無常，慌忙道：「陳先生來了。」

麻雀道：「他來幹什麼？不見！」

女傭道：「他說有重要事，如果你不見他，他就在外面等著。」

麻雀怒道：「那就讓他等著，我最討厭別人要脅我。」說完卻又改了主意：「算了，你讓他進來吧，先去客廳坐著喝茶，我去換身衣服。」

陳昊東這一等就是整整半個小時，不過他表現出很好的耐心和修養，看到換了一身男裝下來的麻雀，陳昊東不禁笑了起來，女為悅己者容，麻雀這身裝扮絕對不是為了取悅自己。

陳昊東站起身來，將早已準備好的鮮花遞給了麻雀，麻雀接過鮮花遞給了女傭：「插起來吧，謝謝！」

陳昊東從她的臉上看不出收到鮮花後應有的喜悅和羞澀，心中暗歎，想要感動麻雀這冰山美人似乎並不容易。

麻雀在陳昊東的對面坐下：「你來找我有事嗎？」

陳昊東道：「沒事就不能來看看你？」

麻雀笑了一聲道：「看我？普通朋友沒必要這麼牽掛吧？」

陳昊東道：「我可沒把你當成普通朋友。」

麻雀道：「以後我這裡你還是少來，我是個寡婦，寡婦門前是非多，你不怕，我還害怕別人嚼舌頭呢。」

陳昊東道：「你瞭解我的，我做任何事都不會在乎別人的感受。」

「我不瞭解！」麻雀硬梆梆一句話懟了回去。

陳昊東道：「人和人之間的瞭解需要一個過程，我相信假以時日，你應當知道我是哪種人。」

麻雀道：「你是哪種人我不關心，我也不在乎，我也不想瞭解，陳昊東，你明不明白，你做的很多事情已經超出了我能夠容忍的底線，你是不是像別人一樣都在利用我？」

陳昊東搖了搖頭道：「麻雀，你怎麼會這麼想？我就算利用任何人我也不會利用你，更何況我利用你能夠得到什麼？」

麻雀道：「你知道我和葉青虹見面對不對？」

陳昊東臉上的笑容消失了：「你居然還在懷疑我？你不是說葉青虹已經答應將碼頭賣給我，我犯得著做這種吃力不討好的事情。」

麻雀道：「如果不是鄭先生讓我幫你，我才懶得管你的事情。」

聽到鄭先生三個字，陳昊東的表情略顯尷尬，麻雀口中的鄭先生是盜門的大長老鄭萬仁，陳昊東雖然身分是盜門的少門主，可畢竟不是貨真價實的門主，現在盜門擁有最大勢力的人是鄭萬仁，包括陳昊東對資金的調動也都需要通過他的同意，而麻雀恰恰是鄭萬仁派來幫忙的，其實就是監軍，負責監控陳昊東資金用在什麼地方。

陳昊東對這樣的感覺很不爽，他急於得到認可，可是想要正式成為門主，必須要過兩個關口，第一是滿洲的福伯，第二是鐵手令，現在鄭萬仁已經明確表示支持自己成為盜門門主，如果福伯也支持自己，那麼他就能夠毫無懸念地轉正，什麼鐵手令也就變得不再那麼重要。可是福伯始終沒有表態，也就是說他只有得到鐵手令，才能跨過福伯這個攔路虎。

陳昊東道：「說起來我也很久沒有見過鄭先生了，怎麼？他還在歐洲散心嗎？」

麻雀道：「他那個人神龍見首不見尾，說不定就在黃浦呢。」

聽她這麼一說，陳昊東內心不禁一沉，不過他很快就笑了笑道：「我打算年前去趟滿洲，拜會一下福伯。」

麻雀警惕地望著他，她首先想到的是陳昊東的這次滿洲之行會不會和羅獵一家有關。提起福伯，她不由得想起過去，她曾經聽羅獵說過福伯死於北平，可後來福伯卻又重新現身，麻雀特地去探望過他老人家，只是見到他卻沒有過去的親切感，也不是因為她的緣故，而是福伯好像在刻意疏遠自己。

此時電話鈴聲響起，女傭人接了電話，卻向麻雀道：「是陳先生的。」

麻雀有些不滿地看了陳昊東一眼，一定是陳昊東把去向告訴了別人，否則電話不會追到這裡。

陳昊東來此之前告訴了手下人自己的去向，畢竟在黃浦這個步步驚心的地方，做任何事都要留有後手，即便是到麻雀這裡來拜訪，當然他需要管理的事情實在太多，萬一有急事找不到自己又是個麻煩。

電話是黃浦分舵舵主梁啟軍打來的，他的聲音中透著焦急和緊張：「少門主，剛剛收到滿洲分舵那邊的消息，長老福伯……他……他新收了一位徒弟。」

陳昊東還以為什麼大事，原來是福伯收徒，其實以他的身分地位收徒再正常不過，如果他可以支持自己成為門主，那麼陳昊東願意現在就給他磕三個響頭叫聲師父。

陳昊東淡然道：「行了，知道了。」他本想掛上電話，可梁啟軍又道：「他收的這位徒弟不是咱們盜門中人。」

陳昊東有些不耐煩了，他決定結束這次吞吞吐吐的談話：「有什麼話去我辦公室說。」

「是羅獵！他收的徒弟是羅獵！」

陳昊東的腦袋嗡的一聲就大了，這事兒實在是有點天方夜譚，羅獵和福伯他們是什麼時候搭上的交情，羅獵去滿洲沒幾天吧？怎麼這麼快就變成了福伯的徒弟，羅獵現在是盜門中人，而且是長老的徒弟。

「少門主，少門主，咱們應該怎麼辦？」

陳昊東掛上了電話，他鐵青著臉，臉色的變化並沒有瞞過麻雀的眼睛，麻雀看到他的樣子就猜到一定有大事發生，輕聲道：「是不是遇到什麼麻煩了？」

陳昊東搖了搖頭，他起身道：「不好意思，我有點急事先走了。」

麻雀眨了眨眼睛，她也沒有挽留，出於禮貌起身送陳昊東，可此時電話又響了，這次的電話是打給麻雀的，麻雀拿起電話聽到那頭低沉的聲音，就稱呼道：「鄭叔叔。」

打來電話的是盜門大長老鄭萬仁，鄭萬仁先跟麻雀寒暄了幾句，而後才切入了正題：「麻雀，你有多久沒有見到福伯了？」

麻雀愣了一下道：「有陣子了，我這次回國想去探望他，可是他避而不見，我只好將禮物留下走了，我都不明白什麼時候得罪了他老人家。」說起這件事麻雀透著委屈。

鄭萬仁道：「看來你們是有段時間沒聯繫了，福伯剛收了一位關門弟子。」

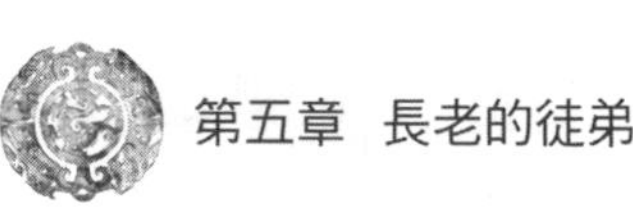

麻雀道：「啊！我都沒聽說，過去我苦苦哀求他讓他收我為徒，他總說不能亂了規矩，就是不肯收我，現在居然收徒弟了。」

鄭萬仁道：「說起來他的這個關門弟子你也很熟悉。」

麻雀道：「您別賣關子了，我還真猜不出來。」

鄭萬仁道：「羅獵！」

「什麼？怎麼可能？」麻雀的聲音中透著不可思議。

鄭萬仁道：「說起來羅獵認識他還是通過你吧？」

麻雀馬上從他的話中聽出了其他的意思，她鄭重道：「我根本不知道這件事，福伯收羅獵為徒，怎麼可能呢？」

鄭萬仁從她的語氣中已經判斷出她應當對此並不知情，語氣有所緩和：「麻雀啊，羅獵去滿洲之前有沒有說過要去見福伯？」

麻雀道：「我怎麼知道？他就算想去也不可能對我說。」

鄭萬仁聽出了她的不悅，輕聲道：「麻雀，不如你和福伯聯繫一下，問問到底什麼情況？」

麻雀聽出他對這件事的關切，嗯了一聲。

掛上鄭萬仁的電話，麻雀不由得陷入沉思之中，自己和福伯之間的關係其實已經變得生疏了許多，雖然她知道如何聯絡福伯，可如果冒昧地發電報過去，未必能夠獲得他的回應，至於直接過去跟他見面，麻雀又擔心遇到羅獵一家，到時候難免會讓人懷疑自己的動機，麻雀猶豫再三終於還是決定給福伯寫一封信，真正提起筆來，才覺得好難，麻雀感覺周圍人都變了，包括她自己。

麻雀在書房內斟酌了就快一個下午，仍然沒能完成這封信，直到黃昏的時候，程玉菲又過來找她，麻雀想儘快寫好這封信的念頭徹底泡湯了。

程玉菲來找麻雀並非是要瞭解案情，葉青虹被襲擊的案子到現在都毫無進展，程玉菲的心情也大受影響，乾脆推了所有找上門的工作，給自己放一個假。

麻雀聽說她在放假，不由得笑了起來。

程玉菲道：「你笑什麼？幸災樂禍是不是？」

麻雀道：「可不是幸災樂禍，我就是覺得有些奇怪，你這麼一個工作狂居然會知道放假。」

程玉菲道：「人又不是機器，總會感到累的，對不對？」她端起咖啡品了一口道：「過去我以為天下間沒有破不了的案子，任何犯罪都會留下蛛絲馬跡，可我現在發現事情沒有我想像得那麼簡單，即便是我知道答案，可能這輩子也找不到解題的途徑。」

麻雀望著程玉菲，從她這句話中感到了那麼一絲絲的悲觀，麻雀道：「話也不能這麼說，玉菲啊，其實你已經很出色了，在黃浦的偵探界，誰不知道你程玉菲的大名，巡捕房遇到解不開的謎題，又有哪一次不是第一個想到找你。」

程玉菲道：「麻雀，我不瞞你，我對這個時代失望了，確切地說，我對這個社會已經開始失望了。」

麻雀眨了眨雙眸，這還是自己過去認識的那個樂觀積極的程玉菲嗎？

程玉菲道：「過去我以為真理必勝，可現實卻是謬論佔據上風，我以為正義必然得到申張，可結果卻是邪惡大行其道，我以為可以通過正確的手段來維護法律的尊嚴，可是那些卑鄙的小人一次次利用見不得光的手段踐踏法律的尊嚴，你能不能夠告訴我為什麼？為什麼這個社會會變成這個樣子？」

麻雀搖了搖頭，她不是政治家，她給不出答案。

程玉菲道：「難道人只有變得勢利，才能在這個社會中生存？」

麻雀仍然沒有說話，她想起了自己的父親，他的一生將所有的熱情和生命都投入到了學術中去，可他最後又得到了什麼？

程玉菲發了一通牢騷，卻又歎了口氣道：「說了你也不懂，你現在……」她欲言又止。

麻雀卻因她未說完的這半句話而惱了起來：「我現在怎麼了？我沒覺得自己有什麼改變？是你們覺得我變了，你這個樣子，羅獵這個樣子，你們所有人都是這個樣子！」

程玉菲被麻雀突然的憤怒給弄懵了，怔怔望著麻雀道：「你發什麼火啊？有毛病是不是？」

麻雀道：「你才有毛病，我知道你心中怎麼看我。」

程玉菲給了她一個白眼：「懶得理你，走了！」

麻雀一把抓住她的手腕道：「不許走，好不容易抓住你陪我聊天，想走可沒那麼容易。」

「呵，你這是賴上我了？」

兩人對望了一眼，同時又笑了起來，麻雀道：「你把話說清楚，你說我現在怎麼了？」

程玉菲道：「你還來勁了，我的意思是你現在最好不要和陳昊東那些盜門中人走得太近，畢竟他們也不是什麼名門正派。」

麻雀放開她的手腕道：「你真這麼想啊？」

程玉菲點了點頭道：「我只是不想我的好朋友被人騙。」

麻雀道：「告訴你一件意想不到的事情。」

程玉菲道：「說，別跟我在這兒賣關子。」

麻雀道：「盜門剛剛出了一件大事，盜門長老德高望重的福伯收了一位關門弟子，這位弟子叫羅獵。」

程玉菲真是意想不到了，她瞪圓了雙目：「什麼？怎麼可能？」羅獵離開黃浦沒幾天，居然就拜了一位盜門長老為師，難道說羅獵這次去滿洲的目的不是為了散心，而是另有想法？

麻雀道：「羅獵的想法誰都猜不透，我早就知道他不會放下這件事。」

程玉菲道：「你以為他去滿洲就是為了這件事？就是為了對付盜門？」

麻雀沒說話，她心中的確是這麼想。

程玉菲道：「我雖然不如你認識羅獵的時間長，可是我對他也算是有些瞭解，羅獵為人正直，做事光明磊落，胸懷寬廣，普通的小事他也不會放在心上，可這次無論是誰襲擊了葉青虹，都已經冒犯了他的底線。」

麻雀道：「他曾說陳昊東剩下兩個選擇，要麼離開黃浦，要麼埋在黃浦。」

程玉菲道：「當時那種狀況下，他說出一些過激的話也很正常。」

麻雀搖搖頭道：「羅獵這個人很少說過激的話，他說過的話都會兌現。」

陳昊東因這個突然的消息心情變得極度惡劣，本以為羅獵離去之後，自己可以暫時不去考慮他的事情，可沒想到羅獵離開黃浦並非是選擇主動退讓，而是要對付自己，至少陳昊東這麼看，以羅獵個人的力量想要和整個盜門為敵顯然是不明智的，所以他才會去找福伯，嘗試從內部分化盜門，現在的羅獵已經是盜門長老的弟子，同門相殘乃是盜門大忌。

陳昊東憤憤然走進了鴻運商行，梁啟軍在這裡等他，陳昊東雖在電話中已經得知了羅獵拜師的消息，可仍然想當面證實一下，他推開了辦公室的房門，看到梁啟軍正站在辦公桌前，畢恭畢敬地為一位帶著禮帽身穿長衫的瘦小老者點煙。

陳昊東整個人愣在了那裡，內心中的一股無名火瞬間燒了起來，這老者就是盜門大長老鄭萬仁，陳昊東的憤怒在於鄭萬仁來到黃浦而自己不知道，梁啟軍這個混蛋竟然沒有在電話中通知自己，這證明什麼？證明鄭萬仁對自己不滿，證明他對自己的信任甚至還比不上一個黃浦分舵的舵主。

梁啟軍看到陳昊東出現，向他笑了笑，陳昊東卻沒給他任何好臉色，梁啟軍當然明白陳昊東惱火什麼，他向鄭萬仁道：「長老，少門主來了，我先出去。」

鄭萬仁點了點頭道：「好。」他抽了口煙，吞吐出一團濃重的煙霧，即便是在房間內，他仍然沒有摘下禮帽。

陳昊東道：「鄭叔什麼時候來的？」他不由得想起了此前麻雀所說的那句話，心中更加鬱悶，看來麻雀也已知道他來到了黃浦，只有自己被蒙在鼓裡，其實他是誤會麻雀了，麻雀只是隨口那麼一說，她也沒有想到鄭萬仁已經來了。

鄭萬仁道：「你不想我來啊？」

陳昊東笑了起來：「鄭叔，您誤會了，您能來黃浦，我從心底高興。」

鄭萬仁道：「我權且當你說的是真心話，昊東，如果沒有要緊事我是不會來的，我這個人樂得逍遙自在，恨不能現在就將所有的事情都放手，可是……」他停頓了一下，抬起頭，宛如老樹皮般溝壑縱橫的臉上，一雙深邃陰冷的眼睛盯住了陳昊東。

陳昊東雖然不乏被他直視的經歷，可是當鄭萬仁的目光盯在他身上的時候仍然讓他感到有些不寒而慄，他也不知道為什麼，從心底對鄭萬仁存在著一種莫名的敬畏。

鄭萬仁道：「你辜負了我的期望啊。」

陳昊東垂頭道：「鄭叔，教訓的是。」

鄭萬仁將手中的雪茄摁滅在煙灰缸內，然後站起身來，他的身材矮小，也就是一米六左右的樣子，可是站在身材高大的陳昊東面前仍然顯露出強大的氣場，倒背著雙手緩緩走到了窗前，鄭萬仁望著窗外道：「福伯的事情你都聽說了。」

陳昊東道：「我不明白他為何要收羅獵為徒，他明明知道羅獵和我有仇。」

鄭萬仁道：「如果他讓你舒坦，他就不是福伯了。」

陳昊東道：「我沒得罪過他，而且我爹生前對他不薄，他為什麼要處處跟我作對？」

鄭萬仁道：「我早就推舉你為門主，可是一直都未能如願，知不知道什麼原因？」

陳昊東咬了咬嘴唇，他當然知道，就是因為福伯從中作梗。

鄭萬仁道：「這老東西是茅坑裡的石頭又臭又硬，他從未看好過你，自然也不會答應支持你，只是連我也沒有想到他會公開跟咱們作對。」

陳昊東道：「鄭叔，我看他只不過是收了個徒弟，就算羅獵憑著他的關係加入了盜門又能如何？又能掀起什麼風浪？」

鄭萬仁道：「這種時候收徒弟，你又怎麼知道他掀不起風浪？又怎能肯定他不想掀起風浪？羅獵成為他的關門弟子，就有跟你爭奪門主之位的資格。」

陳昊東有些錯愕地望著鄭萬仁，覺得他有些危言聳聽了。

鄭萬仁道：「你不要覺得我言過其詞，你要知道那老東西在門中的地位，如果他一意孤行，如果羅獵先找到了鐵手令，獲得門中認同也未必沒有可能。」

陳昊東道：「可他根本就算不上盜門中人。」

鄭萬仁道：「你說了不算，就算羅獵找不到鐵手令，那老東西也有辦法讓整個滿洲的盜門勢力支持他。」

陳昊東此時方才意識到此事對他乃至對整個盜門的影響，如果當真被鄭萬仁說中，那麼自己的未來會被蒙上一層陰雲，自己的門主之位也變得不確定起來。

陳昊東恭敬道：「鄭叔，您教我怎麼做？」

鄭萬仁又拿起了剛才沒有吸完的半支雪茄，陳昊東趕緊掏出火機為他將雪茄點燃，鄭萬仁抽了口雪茄道：「當斷不斷必受其亂，如果你還想繼承你爹的位子，這前方的障礙就必須儘早掃清。」

陳昊東明白了他的意思，不過心中仍然有些顧慮：「鄭叔，那滿洲可是福伯的地盤。」

鄭萬仁笑道：「什麼人的地盤不重要，重要的是你要找到合適的人去做合適的事情，聽說駱紅燕死了？」

陳昊東在他的提醒下頓時明白了，他低聲道：「駱紅燕是被羅獵殺死的，不過索命門跟咱們盜門素來不合。」

鄭萬仁道：「駱長興最疼這個侄女，如果索命門的人找羅獵報仇也是理所應當。」

陳昊東此時方才完全明白了，未必要動用索命門的人，只要能夠派人幹掉羅獵，再將這件事推到索命門那邊，整件事就會變得理所當然天衣無縫，他暗自佩服鄭萬仁的老奸巨猾：「鄭叔，那羅獵也不簡單，我這裡並沒有合適的人選。」

鄭萬仁道：「你啊，當然不能用咱們自己的人，葉青虹和黑虎嶺狼牙寨有仇，當年狼牙寨寨主蕭天行就是死在了她的手裡。」

陳昊東道：「鄭叔放心，這件事我一定會讓您滿意。」

鄭萬仁搖了搖頭道：「我滿不滿意並不重要，重要的是你的將來，你爹把你託付給我，我也答應了他，無論有多少人反對，我都要幫你登上門主之位。」

陳昊東充滿感激道：「鄭叔，您對我的這份厚愛我永遠銘刻在心，昊東心中早已將鄭叔當成父親一樣看待。」

鄭萬仁點了點頭道：「能有你這句話，我也算沒白白疼你。」停頓了一下又道：「滿洲的事還是我親自去走一趟，你不用擔心，只需將黃浦這邊做好。」

雖然是羅獵拜福伯為師，可葉青虹也跟著學到了不少的東西，最重要的就是易容術，女人對化妝普遍有著超乎尋常的興趣，易容術這種江湖秘術在中華也已經傳承數千年，早已形成了完整的理論體系，但是因為被多數人視為雕蟲小技，又加上本身用途並非正當，所以一直得不到發揚光大，也正是因為這個原因，真正的易容術只有少數人掌握。

麻雀的易容術就是得自福伯的真傳，但是因為她並非福伯的正式弟子，福伯在授業上還是有所保留，但是這次他將一整本《千變萬幻集》都給了羅獵夫婦，而且特許他們兩人一起學習。

在易容方面，葉青虹的領悟性要比羅獵更強，這也讓她終於找到一個可以勝過羅獵的地方。當然這也和葉青虹在這方面下了足夠的苦工有關，她在得到《千變萬幻集》之初就意識到這本書將會最大限度地保護他們的安全，就算大敵當前，仍然可以依靠易容之術而安全脫困。

不知不覺，羅獵一家已經在瀛口待了十多天，眼看已經臨近元旦，按照此前的約定，羅獵應該於元旦前往奉天和張長弓會面。羅獵正在房間內研究開鎖，他現在可以在十秒鐘之內打開可以找到的任何鎖具，可羅獵並不滿意，又在此基礎上進行延展，甚至開始考慮將來指紋鎖的打開方法，一樣精百樣通，羅獵雖然找不到現實中的鎖具，可是仍然通過自己繪製的圖形找到了解鎖的方法。

正在沉浸於這全新技能的時候，福伯來了，羅獵慌忙將桌上的圖紙收起，出門去見他，有些東西還是要守在心裡。

福伯在院子裡陪小彩虹玩耍，看到羅獵出來，葉青虹笑道：「女兒，媽媽帶你逛街去。」她知道福伯找羅獵有事，所以選擇迴避，給他們師徒二人留下一個單獨談話的空間。

羅獵將福伯請到茶室，用鐵壺煮了老白茶，福伯接過他遞來的茶盞，嗅了嗅茶香，然後抿了口茶，陶醉地閉上了眼睛，輕聲道：「我已經將收你為徒的消息廣為散播了出去。」

羅獵喝了口茶，他知道這可能帶來的後果，低聲道：「有些人要不開心了。」

福伯道：「可能會給你帶來不少的麻煩，陳昊東為了登上門主之位會不惜一切代價來對付你。」

羅獵道：「師父，就算他不來找我，我早晚都會去找他。」

福伯道：「他就算再恨你，還是不敢公開對付你，所以註定只能選擇宵小的手段。明槍易躲暗箭難防，你還是小心為妙。」

羅獵點了點頭道：「師父放心吧，我有辦法。」

福伯道：「你去奉天，不如青虹和小彩虹就留在這裡。」

羅獵明白他的意識，自己是福伯新收的徒弟，所以成了盜門一些人的眼中釘，以陳昊東為首的那些人肯定會不擇手段來除掉自己，所以妻女跟在自己身邊反倒會有危險，福伯讓她們暫時留在瀛口也是為了她們的安全著想。

羅獵道：「此事我和青虹商量過了，她也答應暫時留在這裡，我去奉天辦完事就回來。」

福伯微笑點頭道：「你只管放心去辦事，這裡不會有任何的問題，還有，我給你派了一個幫手。」

福伯給羅獵派的幫手叫常柴，常柴人如其名，生得骨瘦如柴，羅獵見到他第一眼就覺得似曾相識，一問之下方才知道常柴是常發的弟弟，常發是羅獵在第一次前來瀛口的時候遇到的車夫，兩人曾經交過手，後來常發和他們一起組隊前往蒼白山，可剛剛進入蒼白山不久，常發就遇襲身亡。常柴的本命是個財字，可後來他非但沒有發財，反而越長越像棵柴火棒子，於是別人都將他叫成了常柴，反正發音都一樣，常柴也懶得去爭辯，可一來二去，連他自己都習慣了這個名字。

和被當成悶葫蘆的常發不同，常柴開朗且健談，滿洲的風土人情他如數家珍，再加上他滿嘴的俏皮話兒，引得羅獵也是不停發笑。此番他們坐車前往奉天，一路之上，遇到了不少日本乘客，羅獵意識到日本的勢力在滿洲不斷擴展，而現在的政府仍然對危機缺乏必要的警惕，一幫軍閥忙著爭權奪利，或許他們不是缺乏警惕，而是更熱衷於擴張自身的勢力，卻罔顧民族大義。

路程不長，他們早晨上車，中午就已抵達了奉天，從離開瀛口就開始下雪，大雪伴隨著他們行了一路，等來到奉天，雪下得越發大了，常柴穿著老棉襖，帶著狗皮帽子，整個人包裹得異常臃腫，似乎只有這樣才能抵禦住外面的寒氣。

羅獵穿得不多，裡面是一套西裝，外面穿著黑色毛呢大衣，圍著葉青虹為他手織的白色羊毛圍巾，倒不是因為羅獵只要風度不要溫度，而是他的確感覺不到寒冷。

常柴充滿羡慕地望著羅獵：「羅先生，您真不冷啊？」

羅獵搖了搖頭，這會兒功夫，頭頂的禮帽頂部已經落滿了白雪，就像是頂著一座富士山。

常柴道：「羅先生，您先在這邊避雪，我去叫輛車過來。」

羅獵道：「用不著，反正也沒多遠，咱們走過去吧。」

常柴笑道：「這麼大的雪，深一腳淺一腳的可不好走。」

羅獵道：「你把我看成養尊處優的公子哥了。」

常柴道：「您等我一下。」他背著包袱邁開步子向外面跑去，羅獵叫都沒有把他給叫住，只能在屋簷下站著，摘下帽子撣去上面的積雪。

常柴沒去太久，不一會兒就跑了回來，向羅獵笑道：「羅先生，走！」

羅獵道：「這麼快就找到車了？」

常柴點了點頭，帶著羅獵來到外面，羅獵方才知道等他們的居然是一輛馬車，常柴笑道：「其實提前已經安排接站了，他們來得晚了一些。」盜門滿洲分舵就在奉天，羅獵是福伯的徒弟，連他自己都沒有意識到在盜門中的地位已經提高不少。

兩人上了馬車，羅獵讓車夫先將他們送到金源路的小白樓，這裡是葉青虹在奉天的物業，本來她打算和女兒一起過來的，可現在只有羅獵前來。

馬車將他們送到小白樓門前，羅獵下了車，常柴搶先幫他拎起箱子，讓車夫走了，馬車臨走之前，在門前道路上留下一堆熱騰騰的馬糞，常柴笑道：「馬屁一響，黃金萬兩，好兆頭，好兆頭！」

羅獵笑道：「什麼便宜話都讓你說了。」

他開了房門，這裡已經很久沒有人住，羅獵其實帶了鑰匙，可自從跟隨福伯學會了撬門別鎖的功夫，他即便是有鑰匙都不想動用。

常柴看到羅獵熟練地開門，不由得笑了起來：「敢情這不是您家啊？」

羅獵已經打開了房門：「是，不過我想試試這門鎖怎麼樣。」

常柴道：「門鎖不錯，可惜擋不住您，羅先生難怪福伯收您當關門弟子，您過去練過嗎？」

羅獵搖了搖頭，脫下大衣掛在了衣架上，常柴看到房間雖然長期無人居住，可地面還是非常乾淨，學著羅獵的樣子脫了鞋子，從鞋櫃裡拿出一雙棉拖穿上。

羅獵道：「看來咱們兩人得好好整理一下這裡了。」

常柴道：「羅先生，我這就去打掃。」

羅獵指了指壁爐道：「我去把火先升起來。」

兩人整理了一個多小時，總算初步將房間整理乾淨，壁爐也升了起來，坐在熊熊燃燒的壁爐前，方才覺得有些餓，羅獵道：「忘了最重要的事，吃飯去。」

常柴對奉天非常熟悉，帶著羅獵就近找了一家餃子館，點了幾盤小菜，下了一斤酸菜餃子，燙了一壺酒，坐在小火炕上，幾杯酒下肚，身上頓感熱騰騰的。

常柴道：「羅先生，這邊分舵的劉洪根想跟您見上一面。」劉洪根是滿洲分舵的舵主，羅獵是福伯的徒弟，來到滿洲，於情於理他都應該拜會一下，羅獵道：「是不是麻煩人家了？」

常柴道：「人家敬的不是您，是福伯。」

羅獵聞言笑了起來，這常柴說話倒是直白，的確，如果不是因為自己是福伯的徒弟，盜門中人誰會給他面子？不過既然人家提出來了，如果堅持不見又有些不近人情，羅獵點了點頭道：「你安排吧，反正這兩天也沒什麼事情。」

常柴道：「那就今天晚上吧，具體地方等他定了我再通知您，要不您有沒有想去的地方，我讓他去定位子。」

羅獵道：「明湖春吧。」

常柴道：「羅先生真是行家。」

其實羅獵對飲食並沒有特別講究，只是他第一次來奉天的時候，葉青虹曾經在明湖春請客，那頓飯給他的印象還是很深的。

午飯之後，羅獵特地去了一趟羅氏木器廠，張長弓如果回來，肯定先到這裡落腳，如今羅氏木器廠大門緊鎖，羅獵打開門鎖，走入其中，看到院子裡仍然擺放著不少沒有賣出去的棺材，不由得想起最初來這裡的時候，羅行木裝神弄鬼的場面。往事已矣，羅行木也已經死在了蒼白山的九幽秘境。

雪仍然在下，羅獵卻從雪地上看到了幾個腳印，他心中不由得一怔，木器廠已經關門很久了，怎麼會有腳印，從腳印的痕跡來看應該不久，羅獵頓時警惕了起來，他環視周圍，並沒有看到人影，再看昔日羅行木所住的房間，門上的鎖也被打開了，顯然有人潛入其中。

就算是賊也很少到棺材鋪裡來偷東西，羅獵輕輕推開一條門縫，從縫隙向內望去，房間裡沒有人，他回過頭去，目光環視著院落中那一具具的棺材，突然羅獵忽然以最快的速度衝入房間內，在他啟動腳步的同時，槍聲響起，羅獵以驚人的速度衝入了房間內，密集的子彈射擊在房門上，將房門打出數十個孔洞，羅獵撲倒在客廳的地面之後，身體就地翻滾，遠離了房門的位置。

雪光從子彈留下的孔洞中透進來，在室內留下一道道光的軌跡。

三道身影掀開棺蓋，從裡面跳了出來，他們手中端著衝鋒槍瞄準了小屋。又一輪射擊開始了，槍口噴射出紅色的槍焰，子彈射穿大門射穿窗戶，向室內傾瀉。

羅獵趴伏在地上，這會兒功夫身上已經滿是碎紙和木屑，他掏出一柄飛刀，揮手投射出去，這是他新近鍛造的飛刀，飛刀和常規的形狀不同，而是新月形狀，飛刀旋轉著飛出。

三個將自己包裹得嚴嚴實實的槍手仍然在瘋狂射擊，對那柄旋轉飛至的飛刀毫無察覺，飛刀掠過三人的手腕，高速掠過的飛刀拖出一條鮮紅的血線。三人負痛，有兩人的槍掉落在地上，還有一人因為槍掛在身上所以並未落地，可是流血的右手筋膜已斷也握不住槍。

羅獵破窗而出，宛如一頭迅猛的獵豹般衝向三人，揮拳將三人接連擊倒在地，卸下他們的武器丟到一旁，羅獵用搶來的衝鋒槍瞄準了他們，冷冷道：「說！什麼人派你們來的？」

三人都是一樣的姿勢，用左手捂住流血的右腕，羅獵扯開其中一人蒙在臉上的圍巾，卻發現此人是狼牙寨的五當家黃皮猴子黃光明，此前羅獵前往凌天堡的時候曾經和他打過交道。

羅獵道：「原來是你！」

黃光明咬牙切齒道：「要殺就殺，當爺怕了你嗎？」

羅獵道：「你們來這裡做什麼？為了殺我？」

黃光明道：「我們又怎麼知道你要來……」他們來此真不是為了殺羅獵。

羅獵也知道他們應該只是湊巧遇上了自己，不過他們來羅氏木器廠肯定另有目的，興許是想找和羅行木相關的東西。羅獵道：「那你們來做什麼？老老實實交代，我興許會放過你們。」

黃光明道：「反正也不是什麼秘密，我們過來是尋找羅行木的藏寶圖。」

羅獵心中暗歎，當真是人為財死鳥為食亡，羅行木都死了那麼久，居然還有人惦記他過去的藏寶圖，其實那藏寶圖未必真的存在，就算是在，讓他們得到，他們也無法找到。

羅獵道：「滾吧！這裡沒什麼藏寶圖，以後也不要再來這裡，不然我絕不會輕饒你們。」

三名土匪顯然沒有想到羅獵居然這麼容易就放過了他們，內心中又驚又喜，忍痛從地上爬了起來，慌忙離開了羅氏木器廠。

羅獵擔心槍聲會吸引員警，可剛巧附近響起了鞭炮聲，等了一會兒，都沒見有員警過來，羅獵心中暗忖，看來應當是被人以為是鞭炮聲，這會兒功夫大雪已經將院落中的血跡掩蓋。

羅獵去房間內看了看，那三名土匪將室內翻得亂七八糟，不過他們連羅行木昔日的密室也沒有找到，更不用說什麼藏寶圖。

劉洪根在明湖春訂好了位子靜候羅獵的到來，他和羅獵並不認識，但是福伯收徒這件事已經在盜門內部傳得沸沸揚揚，所有對福伯有所瞭解的人都知道，老爺子這次收徒不僅僅是表面看上去那麼簡單，劉洪根甚至想到了福伯很可能存了立羅獵為門主的心思，就滿洲分舵而言，對福伯是忠心耿耿的，劉洪根也是這兩年由福伯親自選拔出的人才，在盜術方面得到過福伯的指點，不過他也沒有造化被福伯列入門牆之內。

所以劉洪根對羅獵存著好奇且羨慕的心思，究竟是怎樣的人物才能被福伯看中，破例收他為徒，而且是關門弟子。劉洪根聽說過羅獵的一些故事，正因為如此，他才覺得福伯的這次收徒必然經過深思熟慮，並且要拿出相當大的勇氣。

劉洪根被認為是福伯派系最堅定的擁護者，而福伯派系和鄭萬仁擁護的陳昊東卻是格格不入，正是因為福伯的堅持，所以陳昊東至今無法如願成為門主。

羅獵和常柴準時來到了明湖春，劉洪根也比羅獵想像中年輕，三十五歲正值壯年，中等身材，相貌憨厚，最吸引人的是他的一雙手掌，修長而白皙，根本不像他這樣的人能夠生有的，彷彿是被嫁接上去的一樣。

羅獵和劉洪根握手的時候，感覺他的手溫暖且充滿力度，想要成為盜門中的佼佼者首先就要擁有一雙不錯的手，畢竟他們需要靠這雙手來討生活。

常柴和劉洪根非常熟悉，樂呵呵介紹道：「劉舵主，這位是羅先生，羅先生，這位是劉舵主。」

劉洪根笑道：「你這張嘴就沒有閑著的時候，真是多餘，你不說我們也知道。」幾人同時笑了起來，劉洪根又將自己帶來的幾名陪酒的骨幹介紹給羅獵認識，羅獵和對方一一握手。

落座之後，劉洪根道：「羅先生喝什麼酒？」

羅獵道：「客隨主便。」

劉洪根笑道：「我平時不喝酒的，一喝酒就臉紅脖子粗，走路跟踩棉花似的，常柴知道啊。」

羅獵道：「喝酒無需勉強，只要投緣，喝茶也能盡興。」

劉洪根暗讚羅獵說話得體，他向身邊的幾人道：「你們隔壁去吃吧。」

羅獵不由得有些詫異，劉洪根笑著解釋道：「我不能喝，又擔心你不能盡興所以才讓他們過來，可既然羅先生都這麼說了，讓這些人在這裡做什麼？我飲茶，你們飲酒，盡興就好。」

常柴道：「洪根兄您倒是會佔便宜。」

劉洪根道：「酒貴茶便宜，我當然要把貴的留給客人，便宜留給自己。」

他們都笑了起來，羅獵發現劉洪根倒是風趣，其他人離去之後，房間內只剩下了他們三人。劉洪根挑著精緻特色點了幾樣，有道是食不厭精。

劉洪根雖然不能喝酒，可在吃方面卻是一個行家，幾乎每樣菜都能說出來歷和做法，常柴對此是見怪不怪，只顧埋頭大吃。

羅獵道：「劉舵主在飲食方面專研很深，真是讓人佩服。」

常柴道：「洪根兄那麼喜歡廚藝，何不回去當你的廚子。」

劉洪根和他素來交好，所以根本沒有生氣，反而哈哈笑道：「你以為我不想啊，可是我得養家糊口，當廚子賺錢可不如現在快。」

羅獵暗忖，再好的廚子也是巧婦難為無米之炊，而盜門最擅長的就是空手套白狼，他們的雙手就是本錢，一切盜來的東西皆是利潤，劉洪根這句話倒是沒錯，不過盜門中人良莠不齊，自己和他們相處也需多加謹慎。

劉洪根道：「羅先生既然是福伯的徒弟，咱們也就不是外人，我雖然無緣成為福伯的弟子，可是福伯對我也有授業之恩。」

羅獵端起酒杯和他手中的茶盞碰了碰，而後一飲而盡，微笑道：「在奉天還望洪根兄多多照顧。」

劉洪根道：「如有用得上我的地方只管明言。」

他們這邊正在寒暄，突然聽到外面傳來吵鬧之聲，劉洪根皺了皺眉頭，他聽出外面的吵鬧聲中有自己人在，於是向兩人道：「不好意思，我出去看看。」

劉洪根來到外面，卻見一群軍人將他的幾名手下給包圍了起來，一個個掏出手槍，場面劍拔弩張，劉洪根慌忙道：「幹什麼？有什麼事情跟我說。」

劉洪根在奉天是位人物，可對方卻沒有把他放在眼裡，一名軍官樣的男子冷冷望著他道：「我當是誰那麼大的膽子，原來是劉爺，你管教得好啊，這都是你的手下吧，手都伸到田小姐的身上了。」

劉洪根怒視那名不分場合的手下，能跟著過來的全都是他的親信，這名手下顯然已經挨過了一頓打，兩隻眼睛都被揍得烏青，右手的食指也被人給折斷了。

劉洪根看在眼裡又是惱他不爭氣，又是惱火對方出手太狠，對他們盜門來說全指望這雙手討生活，折斷食指等於斷了他們的財路。劉洪根咳嗽了一聲道：「幾位不好意思，我一定嚴加管教，今天的事情你們希望怎麼解決。」他決定認栽，因為他從對方的制服上已經看出這名軍官是大軍閥徐北山的部屬，在奉天乃至整個南滿，沒有人願意公開和徐北山作對。

那軍官冷笑了一聲道：「劉爺，田小姐可是我們大帥最尊貴的客人，你覺得賠點錢能夠解決嗎？」他向幾名部下道：「把人全都給我帶走！」

劉洪根心頭火起，如果任憑這軍官將自己的親信帶走，以後他在奉天的面子算是栽到底了，劉洪根強忍怒氣笑道：「沒必要把事情搞那麼大吧，大家都在奉天，低頭不見抬頭見，還望給劉某幾分薄面。」

那軍官道：「劉爺，我知道你是誰，可今兒不是我不給你面子，大帥就在這裡吃飯，是大帥下的命令，您覺得我敢違背大帥的意思嗎？」他把話說得已經夠明白，你劉洪根真要是有本事去跟大帥當面求情去，如果大帥答應放人，他當然絕無二話，可如果大帥不肯放，任憑你說什麼都沒用。

劉洪根的臉色極其難堪，他雖然認識徐北山，可是他也知道自己的斤兩，還沒有到說句話徐北山就能給他面子的地步。正在騎虎難下之時，突然聽到羅獵的聲音在一旁響起：「大帥也在啊？麻煩幫忙通報一聲，就說有個叫羅獵的朋友想見他。」

那名軍官也是認得羅獵的，他猶豫了一下，還是轉身快步上樓，明湖春的整個三樓都被徐北山包下來了，沒過多久，那軍官就回來，臉上的表情明顯鬆弛了許多，他向羅獵笑道：「羅先生，大帥請您過去。」

羅獵點了點頭，劉洪根和常柴對望了一眼，兩人都意識到羅獵和徐北山應當是有些交情，看來今天的麻煩能夠解決，劉洪根欣慰的同時又有些尷尬，剛才還說讓羅獵用得上他的地方只管明說，現在就是羅獵給自己幫忙了。

羅獵朝他們笑了笑，跟著那名軍官上了樓。

進入明湖春最大最豪華的北國廳，身材高大的徐北山已經邁著方步向羅獵迎來，他哈哈大笑道：「羅老弟，哈哈，你來奉天都不找我？」來到羅獵面前主動伸出手去。

羅獵微笑跟他握了握手道：「大帥日理萬機，我一介草民豈敢輕易叨擾。」

徐北山拍了拍他的手背，雙目中滿懷深意，他欠羅獵一個大人情，當初他為了保住兒子，不得不求助於羅獵，讓他將藤野俊生引入飛鷹堡並將之幹掉，事實證明他找對了人，羅獵幹掉了藤野俊生，但是羅獵也未邀功，在事後沒有向自己提過任何的要求，也未曾主動找過自己。

羅獵道：「我來找大帥是有些事情想麻煩您。」

徐北山笑著擺了擺手道：「放人吧，區區小事，不用計較。」他牽著羅獵的手向酒桌前走去：「來，我為你介紹我最尊貴的客人，田麗君田小姐。」

一位身穿火紅色長裙的女子婷婷站起身來，她向羅獵微笑道：「羅先生，別來無恙啊？」

羅獵愣了一下，因為眼前這位女子他認識，她根本不是什麼田麗君，她是風輕語，風九青的妹妹風輕語。

第六章

自我意識覺醒

羅獵感覺到她們姐妹之間產生了矛盾，
記得過去風輕語對風九青是言聽計從的，
難道風輕語的自我意識已經覺醒？
她這樣的年齡總不至於再產生叛逆心。

羅獵不知道她因何會出現在這裡，可他知道風輕語出現的地方絕不會有好事，多年不見，風輕語的容顏非但沒有因為時光的沉澱而滄桑，反而出落得越發年輕了。

風輕語主動向羅獵伸出手去，羅獵跟她握了握手，風輕語手上的肌膚滑膩柔嫩，宛如二八少女，羅獵道：「原來大帥請的貴客是田小姐。」

徐北山道：「我都不知道你們原來認識，哈哈，看來這滿洲終究還是小。」

風輕語道：「世界本來就不大。」

徐北山道：「田小姐這胸懷，當真是巾幗不讓鬚眉了。」他邀請兩人重新坐下，讓人送上菜譜，羅獵笑道：「我剛剛已經吃過了，打攪了兩位的飯局實在是不好意思。」

風輕語道：「算不上打擾，我們也快吃完了，既然如此不如就此散了吧。」

徐北山道：「也好，那我讓人送田小姐。」

風輕語道：「不必了，我跟羅獵一起走，剛好跟他敘敘舊。」她這樣一說，所有人都覺得他們兩人之間的關係非同尋常，這種狀況下羅獵也無法解釋，當然也沒有解釋的必要。

徐北山看了看他們，笑道：「好啊，羅老弟幫我送送田小姐，改天我再專門宴請羅老弟。」

來到外面，發現劉洪根那群人已經散了，他們也不是傻子，知道這種時候留在這裡並無任何意義，風輕語已經披上了黑色貂裘，她自然而然地挽住了羅獵的臂膀，羅獵笑道：「如果讓我太太看到，我又要麻煩了。」

風輕語道：「看不出你還是用情專一的一個人啊。」

羅獵道：「你對別人專一，別人才會對你專一。」

風輕語道：「蘭喜妹去世了？」

羅獵聞言皺了皺眉頭，輕輕推開了她的手臂，大步走入雪中。風輕語道：「你好沒有風度啊，這麼大的雪，一點紳士精神都沒有。」

羅獵停下腳步，轉身看了看風輕語，看到她腳上的高跟鞋，在風雪漫天的夜晚居然還穿著這樣的一雙鞋子，女人為了美麗可以失去理智，羅獵又知道風輕語不是個簡單的女人，一個可以從輪船之上凌空飛渡之人當然不能用普通人的標準來衡量。

羅獵指了指停車場，那裡停著他的車，常柴在那邊等著他，看到羅獵出來，馬上閃了閃燈。

風輕語卻搖了搖頭道：「我住的不遠，走過去。」

羅獵不由得又向她的那雙高跟鞋看了看，實在是懷疑這雙鞋能否在雪地中行走。不過風輕語既然提出來了，他只能答應，朝著汽車的方向擺了擺手，然後陪著風輕語一起向她的住處走去，風輕語走過來又挽住他的手臂，這次羅獵沒有把她推開，權且當一回她的拐杖吧。

常柴遠遠跟在後面，風輕語道：「你的車，好像對我不放心啊。」

羅獵道：「也可能是對我不放心。」

風輕語笑了起來：「我姐說你是個不可多得的人才。」

羅獵道：「她也來了？」

風輕語搖了搖頭：「沒有，我都很少見她，不過我知道你們的九年之約。」

羅獵抬起頭，雪小了一些，不過仍然一片片打在他的臉上，風輕語在雪地中走得很艱難，她終於停了下來，羅獵提醒她道：「車就在後面。」

風輕語朝羅獵笑了笑，然後當著他的面脫掉了那雙高跟鞋，隨手就扔向了後面跟著的汽車，常柴還以為她突然襲擊，下意識地踩下剎車，因為剎車過猛，汽車明顯跑偏。

風輕語因眼前的一幕格格笑了起來。

羅獵道：「你不冷啊？」

風輕語道：「冷，不如你背我？」

羅獵道：「還是自己走吧。」

風輕語絲毫沒有生氣，就這樣走在雪地裡：「羅獵，我發現咱們有一點很相似啊。」

羅獵嗯了一聲，卻不知道她所指的是什麼？

風輕語道：「我不停地死老公，你不停地死老婆。」

羅獵這次沒有把她推開，可是心中有抓起風輕語將她扔出去的衝動，只是想想罷了，並未付諸實施。他看出風輕語是在故意激怒自己。羅獵始終覺得風輕語與其說是風九青的妹妹，卻更像是她製造出來的一件工具，她和風九青很像，甚至在五官上還能看出一些蘭喜妹的痕跡，其實這也難怪，蘭喜妹是風九青的女兒，她和風輕語之間本身就有一定的血緣關係。

羅獵淡然道：「我們不一樣。」

風輕語道：「我真是不明白，蘭喜妹為什麼會不顧一切地阻止你？甚至不惜犧牲自己的性命？」

羅獵沒有說話，因為他覺得沒有向風輕語解釋的必要。

風輕語道：「這世上最寶貴的難道不是自己的生命嗎？」

羅獵道：「你來滿洲有事？」

風輕語笑道：「你是不是懷疑我是為了你才來滿洲？」

羅獵道：「你我之間好像沒什麼瓜葛。」

風輕語道：「不錯，我來滿洲是為了別的事情。」

他們已經看到風輕語所住別墅的燈光，這裡是徐北山特地為她準備的，風輕語指了指那亮燈處道：「到了，我就說不遠，羅獵，想不想進去喝杯咖啡？」

羅獵搖了搖頭，他一點都不想：「雪那麼大，我還回去了。」

風輕語笑道：「你在迴避我啊。」

羅獵道：「只是不想別人誤會。」

風輕語點了點頭，也不再勉強，快步向別墅走去，走了幾步，羅獵卻又叫住她，風輕語回過頭來，卻見羅獵將她的高跟鞋送了過來，原來剛才常柴停車將這雙鞋撿起一直送到了這裡。

風輕語接過自己的鞋子：「謝了！」

目送風輕語離去之後，常柴才將汽車開到羅獵的身邊，羅獵拉開車門上了車，常柴道：「這娘們什麼人？腦子是不是有問題？」

羅獵笑道：「開車！」

常柴道：「她不臭嗳，一點都不臭。」

羅獵有些古怪地望著他：「你居然聞她的鞋子？」

常柴老臉一熱：「無意聞到，無意……」

羅獵哈哈大笑。

張長弓在羅獵來奉天的第二天抵達，這次他和海明珠一起前來，兩人已經在東山島辦了婚禮，從他們的神情已經能夠看出他們正處於新婚燕爾的幸福之中。羅獵和張長弓簡單講了一下分別後的經歷，張長弓聽說福伯的事情，又聽說羅獵成為了福伯的關門弟子，驚得幾乎合不攏嘴，他低聲道：「如此說來，你現在也算是盜門中人了？」

海明珠一插嘴道：「那咱們以後就是親上加親了。」

張長弓直愣愣望著她，他也不明白什麼叫親上加親。海明珠道：「沒聽說過什麼叫盜匪一家？」她是海匪，羅獵是盜門，她的親上加親因此而來，羅獵忍不住笑了起來。張長弓滿臉窘態，咳嗽了一聲道：「明珠，你不是要買東西嗎？逛街去吧。」

海明珠道：「知道耽誤你們哥倆說話，走了！」

等她走後，張長弓苦笑道：「別跟你嫂子一般見識，她這人就會胡說。」

羅獵笑道：「說得倒是不錯，盜匪一家，咱們本來就是一家。」

張長弓道：「弟妹和小彩虹還在瀛口？」

羅獵點了點頭道：「奉天這邊最近時局動盪，還是讓她們留在那邊安全一些，我打算跟你會合之後，也儘快返回瀛口。」

張長弓道：「威霖和瞎子都不過來了，我跟你嫂子商量了一下，這婚禮沒必要辦兩次，這次回來主要還是想去我娘墳前給她老人家上柱香，咱們兩家一起過個年就成。」

羅獵點了點頭，陸威霖和瞎子都在南洋，趕過來的確多有不便，而且瞎子現在仍然是黑白兩道追殺的對象，只要回來必然面臨很大的危險。

這會兒常柴和劉洪根一起來了，劉洪根登門拜訪是為了專門感謝羅獵昨天的幫助，如果不是羅獵出面化解了麻煩，恐怕昨天他和他的幾位親信全都要被軍方的人給帶走，劉洪根也沒想到羅獵居然和徐北山有交情。

他這次帶來了一個消息，徐北山一周之後要和張同武在奉天見面，滿洲的兩大軍閥見面算得上是新近最大的新聞了。

羅獵道：「如此說來，他們要正式停戰議和了。」

劉洪根點了點頭道：「應該是這樣，這兩年徐北山占優，張同武被打得節節敗退，選擇停戰也是沒辦法的事情，從見面的地點選在奉天就能夠看出張同武是主動求和。」

羅獵道：「如果他們能夠停戰，對滿洲的老百姓來說也是一件幸事。」

「停戰？」劉洪根搖了搖頭道：「停戰未必是什麼好事，徐北山是依靠日本人的力量才佔據了優勢，張同武低頭認輸可不僅僅是向徐北山認輸，他也是向日本人認輸，這就代表著滿洲實際上會落入日本人的控制中。」

張長弓怒罵道：「這些軍閥沒一個好東西，全都是賣國賊。」

羅獵卻想起了昨晚徐北山和風輕語的見面，他們會面的目的是什麼？風輕語代表了誰的利益？

劉洪根道：「羅先生和那個田麗君熟悉嗎？」

羅獵看出他有話想要說，淡然笑道：「只是認識，連普通朋友也算不上。」

劉洪根道：「這樣我就放心了，羅先生，我剛剛得到消息，她其實是日本軍方派來的，她的真名叫藤野麗奈，這次來滿洲的主要目的就是為了參與兩大軍閥和談。」

羅獵心中有些不解，以他對風輕語的瞭解，此女應該沒有太複雜的背景，也充當不了這樣重要的角色。

張長弓並不知道風輕語的事情，愕然道：「哪個田麗君？」

羅獵將昨天偶遇風輕語的事情告訴了他，張長弓道：「藤野家族還真是陰魂不散。」

羅獵道：「此事和我們並沒有太大的關係。」他的話音剛落，常柴就從外面走了進來，向他道：「羅先生，昨天那位田小姐來了。」

幾人對望了一眼，還真是說曹操曹操就到，想不到風輕語這麼快就來了。

常柴道：「見不見她？」

羅獵道：「以她的性情，不見她只怕她會直接打進來。」

劉洪根道：「我們先走了。」

張長弓道：「我也去找明珠。」

羅獵朝常柴點了點頭，常柴出去將風輕語請了進來，風輕語今天又換了一身褐色的貂裘，來到客廳，環顧了一下這裡的陳設，輕聲讚道：「你還真是有錢，連奉天都有那麼好的住處。」

羅獵道：「我太太有錢，我是個一窮二白的人。」

風輕語脫下貂裘，遞給了常柴，常柴愣了一下，敢情她是把自己當成傭人了，只能接了過去，幫風輕語掛在衣架上，風輕語擺了擺手道：「這裡沒你的事了，出去吧。」

常柴哭笑不得，羅獵還沒趕自己，她倒先趕上了，只能點了點頭道：「羅先生，沒別的事情我先出去了。」

羅獵點了點頭，他也沒有起身的意思，靜靜望著對面的風輕語：「我是應當稱呼你為田小姐還是風小姐，又或是藤野小姐呢？」

風輕語道：「名字只是一個代號，你怎麼叫都行，反正你知道是我。」

羅獵笑道：「風小姐倒是豁達。」

風輕語道：「我這次前來是想跟你商量一件事。」

羅獵望著風輕語道：「你姐讓你來的？」

風輕語搖了搖頭道：「都說過我許久沒有見她了，為什麼你總是提起她？難道我就不能有點自主權，做一些自己的事情？」

從她的這番話中，羅獵感覺到她們姐妹之間或許產生了矛盾，記得過去風輕語對風九青是言聽計從的，難道風輕語的自我意識已經覺醒？她這樣的年齡總不至於再產生叛逆心。

風輕語道：「你一點都不好奇？」

羅獵道：「我不好奇，因為我沒打算跟你合作任何事。」

風輕語道：「你雖不好奇，我還是想告訴你，我這次過來是幫忙殺人的。」

羅獵道：「這是你的特長，總不至於荒廢了。」

風輕語似乎沒聽出羅獵在嘲諷自己：「知不知道我要殺誰？」

羅獵道：「一個殺手起碼要擁有一些必要的準則，在接受別人的委託之後，隨隨便便將人家的秘密說出來總是不好。」

風輕語道：「我要殺的人是張同武，徐北山不是真心要和張同武和談，他請我在和談之後殺掉張同武。」

羅獵不知道她為何要主動告訴自己那麼多的秘密，風輕語在他的印象中並不是一個有卓絕智慧的女人，他甚至一直認為風輕語只是風九青製造出來的複體，畢竟風九青擁有《黑日禁典》，是這個世上擁有超自然能力的強者之一。

風輕語道：「我才信不過他，徐北山這個人太狡猾。」

羅獵道：「你姐姐知道你現在做的事情嗎？」

風輕語道：「她只顧著她自己，根本才不會管我的事情，我死我活跟她毫不相干。」一說這番話的時候，她的臉上充滿了憎惡，表情中沒有一絲一毫的溫情。

羅獵道：「我對你的事情並不瞭解，我也不想瞭解，更不用說跟你合作。」

風輕語道：「你知不知道你母親是怎麼死的？」

羅獵道：「已經過去的事情了，追究也沒有任何的意義。」

風輕語道：「你難道不想知道我姐她到底想做什麼？」

羅獵沒有說話，他的確想知道風九青想做什麼，為何要始終堅持下去，現在距離九年之約剩下不到五年，羅獵卻連風九青的最終目的還不清楚，風輕語或許是這個世界上最瞭解她的人，也許能從風輕語這裡得到什麼。

風輕語道：「徐北山是我姐的人。」她壓低聲音向羅獵道：「《黑日禁典》就由他保管，如果我們聯手的話應該可以得到這本書，只要得到了這本書，你我都能夠擺脫她的控制。」她口中的她自然指的是她的姐姐風九青。

羅獵有些心動了，《黑日禁典》絕對是一本邪惡之書，如果任由這本書留在這個世界上，以後還不知要掀起多少麻煩，如果風輕語所說的一切屬實，那麼這次無疑是毀掉《黑日禁典》的絕佳時期。

風輕語的目的肯定不是要毀掉《黑日禁典》，而是要得到，羅獵從她的雙目深處看到了蓬勃生長的野心和欲望，有一點他能夠肯定，風輕語想要擺脫風九青的控制。

羅獵道：「殺掉張同武，你就能夠得到《黑日禁典》？」

風輕語道：「我可以不殺張同武，我能夠看出你不想我殺他，可是你要幫助我從徐北山那裡問出《黑日禁典》藏在什麼地方。」

「你怎麼知道徐北山會對我說？」

風輕語道：「你會催眠術，你擁有侵入別人腦域的能力，只有你才能讓徐北山說出真話。」

「真是抬舉我。」羅獵卻不認為徐北山的腦域屏障可以輕易突破，他和徐北山打過交道，徐北山這個人表面粗獷實則心思細膩縝密，為人多疑，戒備心極強，如果宋昌金說的都是事實，那麼徐北山就是爺爺的義子和大徒弟，能從一個摸金盜墓的弟子搖身一變成為威震一方的南滿軍閥，此人的能力不可小覷。

然而羅獵又不能不承認《黑日禁典》對自己擁有著很大的吸引力，而且他也不希望張同武在這種時候被殺，如果張同武被殺，那麼整個滿洲就會陷入徐北山的統治之下，也就意味著日方勢力徹底控制滿洲，張同武活著至少對徐北山還有牽制作用。

「怎樣？考慮好了沒有？」

羅獵道：「沒什麼好考慮的，你我之間不存在任何合作的可能，因為我對你所說的事情壓根就沒有半點的興趣。」

風輕語滿懷期待的目光瞬間變得陰冷無比，她點了點頭道：「記住你今天的話，你最好不要後悔。」

羅獵道：「我從不後悔。」

風輕語站起身來，羅獵道：「我送你。」

風輕語道：「你還是留步吧。」走了幾步她忽然道：「你以為我姐當真救不了蘭喜妹？」

羅獵內心一震，他隱約猜到風輕語要說什麼，他甚至不想繼續聽下去。

風輕語道：「她當然可以救活蘭喜妹，只是她若是救了蘭喜妹，自己辛辛苦苦得來的一切勢必要付諸東流，她就是那樣一個人，未達目的不擇手段，除了她自己以外任何人都可以犧牲。」她轉過身來，望著臉色蒼白的羅獵：「你擺脫不了她的控制，除非找到《黑日禁典》，我不是求你，我是在幫你，只有你我聯手方才有可能和她對抗。」

羅獵道：「你走吧！」

風輕語點了點頭：「我給你兩天的時間考慮。」

風輕語離去後，羅獵忽然感到一陣呼吸困難，回到沙發上坐下，腦海中晃動的全都是蘭喜妹的影子，他相信風輕語在這件事上並沒有欺騙自己，但是他不明白，一個母親何以會如此狠心，看著自己的親生女兒死去而無動於衷，如果是自己，就算犧牲自己的性命換取女兒的平安也在所不惜，可風九青因何如此冷酷？

這次見到風輕語和過去的感覺不同，風輕語擁有了強烈的叛逆心，她的自我意識已經全面復甦，她迫切地想要擺脫風九青的控制，而她的自身能力又不足以完成這件事，所以她才會找到自己。

羅獵記得風九青姐妹之間存在著超級靈敏的心靈感應，他不知道這裡發生的一切風九青會不會感知到，這也是他沒有第一時間答應風輕語的原因。

風輕語剛走，徐北山的副官就登門前來邀請羅獵明晚去大帥府做客，羅獵認為自己和徐北山並沒有這個交情，徐北山之所以請自己相見，背後肯定有目的。不過羅獵也沒有猶豫，很愉快地收下了請柬，並表示自己明天一定會準時前往。

羅獵和張長弓夫婦商量之後，決定他們先去瀛口，雖然瀛口方面有福伯可以照顧葉青虹母女的安全，可畢竟多一個人多一份保障，張長弓夫婦過去之後，羅獵更加安心，羅獵決定在奉天多待一些日子，暫定兩周之後再返回瀛口。

自從經歷明湖春的風波之後，劉洪根對羅獵的能力有了一定的瞭解，對這位福伯年輕的關門弟子也多了幾分佩服，羅獵很快就發覺了盜門弟子的能力，盜門勢力龐大，深植於社會各個階層，他們的能耐不僅限於空手套白狼的盜竊手段，還有他們無孔不入的消息網路，通過劉洪根這些人，羅獵得到了不少的情報，比如徐北山的這場晚宴，主賓是日本玄洋社的船越龍一，還有奉天當地的商賈名流，這其中還有一個人引起了羅獵的注意，此人是目前狼牙寨的大當家，人稱琉璃狼的鄭千川。

現在鄭千川已經被徐北山收編，他也不再是昔日的山賊身分，搖身一變成了南滿整編二十七師的師長，正是因為鄭千川的投誠，才讓徐北山順利佔據了蒼白山之利。進而導致了徐北山和張同武的爭奪中全面占優，逼迫張同武步步後退，從而不得不提出和談。

如今徐北山的聲勢已經達到了他有生以來的鼎盛，多數人都認為徐北山會成為滿洲之王，當然這只是對他實力的認同並不代表對他人品的認同，徐北山依靠日本人，賣國求榮的行徑已經讓滿洲百姓深惡痛絕。

這些年來，也有無數的愛國志士發動了多次刺殺徐北山的行動，然而無一例外都遭遇了失敗，徐北山不僅擁有一支強大的衛隊，他本身的實力也極為強大。

羅獵獨自前往大帥府赴宴，驅車來到帥府，進入帥府的第一道門，首先就有人過來對汽車進行了檢查，確認安全之後方才給予放行，停車之後，嘉賓會從通往花園的小門進入，在這一道門，還要接受搜身檢查，雖然徐北山非常謹慎，可是這種過於細緻的安檢也遭到了不少客人的腹誹。

今晚前來的客人大都出雙入對，羅獵一個人倒顯得有些形單影隻，他在帥府前方的噴泉旁停步，因為身後傳來一個嬌柔的聲音：「羅獵，一個人啊！」

羅獵聽出是風輕語，他停下腳步，風輕語踩高跟鞋發出節奏明快的篤篤聲，很快她就來到了羅獵的身邊，她穿著露肩的黑色晚禮服，一條火狐皮蓋住了雪白的美肩，黑色秀髮整整齊齊向上梳理挽成髮髻，如同一朵盛開的蓮花堆在頭頂。

風輕語有種清冷的美豔，如同高山上的雪蓮花，讓人凜然不可接近。

羅獵道：「真是在哪兒都能遇到。」

風輕語道：「人生何處不相逢。」她將手中的請柬向羅獵亮了亮，都被邀請前來大帥府赴宴，能夠遇上也是再正常不過。她從羅獵的話中並沒有聽到太多的友善，顯然羅獵不想遇到自己。

風輕語道：「既然咱們都是單獨前來，不如作個伴兒。」

羅獵還沒有來得及答話，她就很自然地挽住了羅獵的手臂，輕聲道：「你不會在眾目睽睽之下傷害一個女人的自尊吧？」

羅獵心想一個懂得自尊的女人應該不會做出這樣的舉動，低聲道：「我好像沒選擇了。」

風輕語道：「今晚是我選擇了你。」

兩人走入大帥府，俊男靚女出現在任何場合都會引起別人的關注，本來正在和朋友談話的徐北山也被他們吸引了注意力，他微笑著主動走了過來，向風輕語道：「田小姐，你和羅先生的感情可不一般啊，此前都未聽你說起過。」

風輕語笑道：「這種事我為何要向你說？」

徐北山歎了口氣道：「我對田小姐的風華非常仰慕，看來是沒有機會了。」

風輕語道：「大帥那麼多姨太太，可千萬別吃著碗裡的惦記著鍋裡的。」

徐北山哈哈大笑起來，他向羅獵道：「羅先生，我跟田小姐開個玩笑，你可千萬別介意。」

羅獵微笑道：「我和田小姐也只是普通朋友，我怎麼可能介意。」

徐北山道：「普通朋友？」他臉上的表情分明在說他不信，一點都不信。徐北山身為主人，自然是眾星捧月的中心，他很快就忙著去招呼其他的客人。

風輕語招了招手，叫來侍者給他們送上了兩杯紅酒，其中一杯遞給了羅獵，羅獵接過紅酒喝了一口，意識到有人在遠處看著自己，舉目望去，那人是玄洋社的船越龍一。

羅獵和船越龍一在瀛口之時曾經打過交道，不過已經過去了許多年，對此人的印象很深，他知道船越龍一武功不弱，是玄洋社的總教頭。船越龍一朝羅獵舉了舉酒杯算是打了一個招呼，不過他並沒有走過來，羅獵也沒有過去，學著他的樣子舉了舉杯，兩人隔著人群喝了杯酒。

琉璃狼鄭千川此時向羅獵走了過來，一隻獨眼冷冷望著羅獵：「羅先生！」

羅獵微笑望著鄭千川道：「不知我應當稱呼鄭大掌櫃，還是鄭師長？」

鄭千川道：「稱謂不重要，我也不是為了跟羅先生敘舊，我的幾位手下在羅氏木器廠被人割斷了手筋，不知羅先生做何解釋？」他一上來就是興師問罪。

羅獵道：「羅氏木器廠是我的物業，有人未經允許擅闖私宅，且向我開槍射擊，在那樣的情況下我本該要了他們的性命，怎麼？鄭師長認為我做得不對？」

鄭千川道：「這筆帳，我記下了。」

風輕語道：「記下又如何？你敢怎樣？」

鄭千川看了她一眼，沒有說話，不是因為他害怕風輕語，而是因為他知道風輕語是徐北山的貴賓，自己不方便和她發生正面衝突。他充滿怨毒地看了看羅獵，這才轉身離去。

風輕語望著表情雲淡風輕的羅獵，輕歎了口氣道：「你的仇人可真不少。」

羅獵道：「你的仇人也不少。」

風輕語搖了搖頭道：「錯，我沒什麼仇人，因為我的仇人都被我殺了。」

徐北山的這場晚宴表面看上去還算是一派祥和，就算鄭千川再恨羅獵，也不可能在這種場合跟他發生衝突，否則就是不給徐北山面子，鄭千川目前還沒有這樣的底氣。

風輕語整晚都陪著羅獵，確切地說應該是黏著才對，羅獵仍然沒有給她明確的答覆，是否願意跟她合作。羅獵對風輕語的變化感到驚奇，這幾年風輕語從一個對風九青唯命是從變成了心懷不滿，他一度懷疑風輕語就是風九青的複製體，可是現在的風輕語表現出越來越強烈的自我意識，反而讓羅獵過去的觀點產生了動搖。

晚宴後，徐北山特地讓人將羅獵留下，說有要緊事跟他談。

羅獵在副官的引領下來到徐北山的會客室，走入房間內，徐北山正在擦拭他的太刀，他將毛巾放下，雙手握住太刀，在虛空中揮舞了兩下，即便是隨意的揮舞，也能夠聽到刀刃破空的尖嘯聲，兩次動作劈斬的方向都不一致，可以看出他手腕的變動極其靈活，羅獵一眼就看出徐北山是此道中的高手。

徐北山還刀入鞘，微笑道：「船越先生剛剛送給我一把太刀，是日本兵器大師菊井洋次的作品，不誇張地說，這把刀價值連城。」他將那把刀遞給羅獵道：「你若喜歡就送給你。」

羅獵笑道：「君子不奪人所愛，更何況我也不會用刀。」

徐北山道：「你用飛刀，一把飛刀居然可以同時切斷三人手腕的筋脈，這種刀法可以稱得上神乎其技了。」

羅獵道：「大帥過獎了，其實武功之道也脫不了熟能生巧這四個字。」

徐北山道：「熟能生巧固然重要，可天賦更加重要，一個人如果沒有天賦，就算再努力也不會成功，我年輕的時候曾經拜過師，我師父他對我也悉心調教，我本來以為自己必然會成為他弟子中最出色的一個，可是當我的一位師弟出現，我才發現自己就算再努力也比不上他，我所差的就是天分。」

羅獵心中暗忖，他所說的師父是不是自己的爺爺羅公權？而他的師弟難道就是自己名義上的父親……

徐北山道：「飛鷹堡的事情我一直都沒有來得及謝你，如果不是你幫忙，我的麻煩也沒那麼容易解決。」

羅獵道：「其實我沒幫上什麼忙，真正起到作用的是宋昌金。」

徐北山呵呵笑道：「宋昌金？我剛才所說的天賦過人的師弟就是他。」他深邃的雙目望著羅獵道：「我也是在事後才查出你的底，你居然是我師父的親孫子，說起來，你還應當稱呼我一聲師伯呢。」

羅獵知道自己的身分已經隱瞞不下去，他平靜道：「只怕我高攀不起。」

徐北山道：「談不上高攀，我不但是你爺爺的大徒弟，還是他的義子，我師父當我是親生兒子一樣，他將他畢生所學傾囊相授，在我心中他就是我的父親，羅獵，你其實應當稱我一聲大伯。」

羅獵望著徐北山道：「我聽宋昌金說，我爺爺因你而死？」

徐北山冷哼一聲道：「扯淡！我徐北山這一生最敬重的人就是我師父，我連不敬之心都不敢有，又怎會害他？」

羅獵道：「大帥單獨見我，就是為了跟我說這些？」

徐北山道：「你不肯叫我大伯，一定是因為我的名聲不好對不對？」

羅獵沒有說話。

徐北山道：「我又不是聾子，外面的人怎麼說，我知道，他們都說我是賣國賊，是日本人的走狗對不對？」

羅獵實話實說道：「外面的確有很多人這麼說。」

徐北山道：「燕雀安知鴻鵠之志哉！」

羅獵覺得有些滑稽，他居然用陳勝的話形容他自己，單從這句話來看，已經是自我美化到了極點。不過羅獵畢竟擁有著不同常人的見識，他耐得住性子，聽聽徐北山因何發出這樣的感慨。

徐北山道：「在我來到滿洲之前，日本人的勢力已經深植於這片土地，張同武說我賣國求榮，他又何嘗不是？他的武器裝備還不是俄國人給的，如果他不出賣利益給俄國人，俄國人會白白送給他這些東西？」

羅獵道：「聽起來大帥很是不平。」

徐北山道：「不是不平，而是好笑，難道跟俄國人勾結就不叫賣國？跟日本人合作就一定是賣國？如果我不和日本人合作，我根本不會有今日之實力，說不定我一早就被他們給幹掉了。滿洲雖然有不少的日本人，可整體來說還算安定，我敢說沒有我徐北山，一定還有其他人和日本人合作，如果沒有我徐北山，滿洲的局勢只怕比現在更加混亂，老百姓口口聲聲過不好日子，可為何那麼多的百姓來到咱們滿洲討生活？天下烏鴉一般黑，在滿洲一地至少還有奔頭。」

羅獵道：「看來大帥深謀遠慮。」

徐北山道：「我不是賣國賊，從我小的時候師父就教過我一句話，位卑不敢忘憂國，可我後來明白了一個道理，一個人如果地位卑微，就算你再憂國憂民有個屁用？還他娘的不是紙上談兵？我今時今日的地位的確依靠了日本人的不少助力，但是終有一日他們會明白養虎為患的道理，一旦我擁有了足夠的實力，我就可以將他們趕出滿洲。」

羅獵望著徐北山，他發現徐北山的確是擁有雄才大略的人，可是歷史卻又告訴羅獵一切沒有那麼簡單，徐北山的計畫不會成功，滿洲最終會淪陷，而徐北山最後仍然會淪為萬人唾棄的賣國賊。

羅獵忽然想起了風輕語，風輕語說過徐北山就是為風九青保存《黑日禁典》的人，徐北山的這番話或許只是說給自己聽罷了，他的真實想法又怎麼可能輕易告訴自己？誰又會把大奸大惡寫在自己的臉上？

羅獵道：「希望大帥的這份苦心最後能夠得償所願。」

徐北山看出羅獵對自己並不信任，他點了點頭道：「那個田麗君是日本間諜，你不會不知道吧？」

羅獵以為他是在故意試探自己，淡然道：「我和她只是普通朋友，而且我認識她的時候她叫風輕語，我還知道她是風九青的妹妹，除此之外我對她幾乎一無所知。」

徐北山道：「日本人對我也不信任，他們得知我和張同武和談的消息，準備

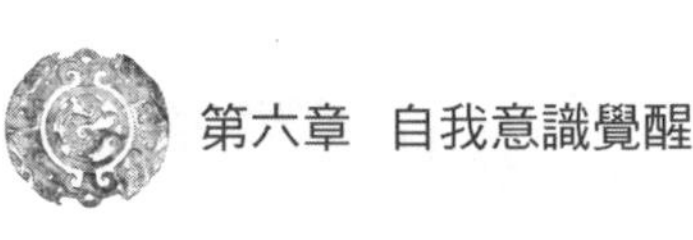

在張同武返程途中刺殺他。」

羅獵皺了皺眉頭，徐北山居然將這麼重要的事情告訴自己，可此前風輕語卻說是徐北山請她在做這件事？兩人究竟誰在說謊？他低聲道：「張同武若是死了，對大帥豈不是一件好事？」

徐北山道：「如果滿洲都在一個人的統治下並不符合日本人的利益，他們恨張同武，希望我把張同武幹掉，又不希望滿洲和平，如果剷除了張同武，張同武方面必然會將這筆帳都算在我的頭上，以後再剷除我，大可將此事推到張同武的舊部復仇上面。」

羅獵心中暗忖，徐北山跟自己說那麼多又有什麼意思？早已洞悉歷史的自己對政治興趣不大。

徐北山道：「明明知道日本人的目的，可是我也不能去阻止，只能順水推舟，將計就計，我不能出面對付張同武，張同武若是當真這次被日本人所害，我會將消息散佈出去，讓滿洲的老百姓知道真凶是誰。」

羅獵道：「其實大帥沒必要將這些事情告訴我。」

徐北山道：「有必要！張同武這些年搜刮了不少的民脂民膏，他也意識到自己大勢將去，所以從幾年前就開始轉移財產，為離開滿洲鋪路。」

羅獵想到了張凌空，對此他倒是非常清楚。

徐北山道：「你知不知道，他所信任的張凌空其實也早已投入了日本人的陣營之中。」

羅獵內心一震，這件事他倒是毫不知情。

徐北山道：「如果張同武死了，這筆錢就會成為無主之財，最終還是落入日本人的手裡，所以，我想你幫我對付張凌空。」

羅獵搖了搖頭道：「我對這些事不感興趣，只想恪守本分做個小老百姓。」

徐北山盯住羅獵的雙目道：「你不像是甘於平凡的人，羅獵，無論你心中當不當我是你大伯，在我心裡你始終是我的侄子，以你的才華完全可以做一番轟轟烈烈的大事，就這樣渾渾噩噩地生活下去實在是太可惜了。」

羅獵微笑道：「每個人都有自己的生活方式，這是我的選擇。」

徐北山點了點頭道：「既然如此，我尊重你的選擇，不過我還需提醒你，要離那個田麗君遠一些，此女心狠手辣，行事古怪。」

羅獵道：「多謝提醒。」他準備告辭，卻又想起了一件事：「對了，家樂還好嗎？」

提起自己的兒子，徐北山兩道濃眉突然皺了起來，他的臉色明顯不好看，搖了搖頭道：「不好，總是犯頭疼病，為了幫他治病，我特地將他送到歐洲，這兩天就應當回來了。」

羅獵道：「如果有機會，我倒是想跟他見上一面。」

徐北山雖然不清楚羅獵要見自己兒子的目的是什麼，不過仍然點了點頭道：「好，我會安排。」

羅獵道：「他真是您和藤野晴子的兒子？」

徐北山聽出他話裡存在著懷疑，唇角露出一絲古怪的笑容：「你這孩子是在懷疑嗎？」

羅獵道：「沒那個意思，大帥，我不耽誤您休息了。」

徐北山點了點頭，他也沒有送羅獵出門。

第七章

渴望擺脫自己的宿命

羅獵始終在迴避他和風九青之間的九年之約，
可他心中明白，有些事始終是無法迴避的。
比如方克文和安藤井下，這些年他們始終在掙扎著，
他們渴望擺脫自己的宿命。

羅獵開車離開了大帥府，雖然雪已經停了，可是路上的積雪並未來得及清掃，經過路人的行走和車輪的碾壓，如今已經都已經凝結成冰，汽車行進在上面容易打滑，必須要小心行駛。

時間已是晚上十點半，大街上已空寂無人，羅獵一邊開車一邊回想著徐北山的話，可突然前方的小巷中橫穿出來一道黑色的身影，羅獵慌忙踩下剎車，因為擔心輪胎抱死，他採取連續點剎，車輛在冰面上扭曲行進了一段距離方才停下。

那名突然出現的路人不知是嚇傻了還是其他的原因，站在道路中心一動不動，汽車停穩之後距離他的身前還有不到半尺的距離。

羅獵正準備下車，卻見那人雙手落在汽車的引擎蓋上，一雙赤紅色的眼睛死死盯住車內的羅獵。

羅獵推開車門走了下去，那人也向後退了幾步，然後飛速向羅獵衝了上去，雙手直奔羅獵抓落，羅獵右手微動，一柄飛刀帶著尖嘯射了過去，那人沒有閃避，隨手一抓，飛刀射中他的掌心穿透了他的手套，卻沒有成功射穿他的皮肉，只聽到一聲金屬撞擊的聲音，棉絮亂飛，從手套內暴露出五根尖銳的爪尖。

見此情形，羅獵的第二次射擊並沒有發動，他平靜望著對方，輕聲道：「克文兄！」

來人正是方克文，既然是方克文就證明這次的狹路相逢絕非偶遇，而是他有備而來。

羅獵聽到身後也傳來腳步聲，轉身望去，看到一個高大的身影，羅獵從身影判斷出對方是安藤井下，這兩人都是身懷異能之人，前者在九幽秘境中獨自生活了數年，身體受到了很大的影響，而後者卻是化神激素的首批實驗者，也被一個人困在孤島上多年，兩人的經歷相似，都有著和親人離散的慘痛遭遇。

羅獵認為自己和他們應當是朋友，而不是敵人。羅獵靜靜站立在兩人之間，他的表情沒有一絲一毫的慌張，輕聲道：「你們兩個要聯手對付我嗎？」

兩人都沒有說話，可是右側的屋頂之上卻傳來一個聲音道：「不是兩個，是三個！」

羅獵抬頭望去，只見風輕語站在屋簷上，居高臨下地望著自己。羅獵朝風輕語點了點頭：「看來我需重新審度我們之間的關係了。」

風輕語格格笑道：「你不用怕，我只是開個玩笑，你們聊，我先走了！」她沿著屋脊飛奔，即將離開屋頂的剎那騰空躍起，身軀飛掠到半空之中，然後俯衝而下，宛如一隻黑色的大鳥，滑翔在夜空之中，轉瞬之間就已經不見。

安藤井下蹲下身去，他伸出手在雪地上寫了一行字，羅獵知道他無法發聲，過去他們之間的交流也是依靠文字，羅獵看完，安藤井下將那行字全部抹掉。

羅獵道：「他很好！」他說的是安藤井下的兒子，安藤井下點了點頭，轉身離開。

方克文道：「你的樣子一點都沒變。」

羅獵道：「能見到你真好。」

方克文搖了搖頭：「一點都不好。」

羅獵道：「我還以為你已經沒事了。」上次在西海見到方克文他們，是風九青將他們召集了過去，風九青承諾可以治好他們，讓他們回復正常的容貌，可這次見到方克文他們仍然是過去的樣子。

方克文道：「西海一別已有四年，風九青答應我們的事的確兌現了一些。」

羅獵不明白什麼叫兌現了一些。

方克文道：「我和安藤井下恢復了正常的樣貌，我們也終於能夠和家人重聚，可……只過去了短短的三個月時間，我們就開始變回了原來的樣子。」他充滿痛苦地握緊了雙拳，這次的經歷讓他和家人不得不再次承受分離的痛苦。如果早知道這樣，還不如乾脆永遠消失。

方克文道：「只有找到黑日禁典，我們才有希望徹底恢復，我們再也不要受到風九青的牽制。」

羅獵道：「這些都是風輕語告訴你的？」

方克文道：「我相信她沒有欺騙我們。」

羅獵道：「別忘了她們才是姐妹。」

方克文道：「加入我們吧，只要我們找到黑日禁典，就能夠徹底擺脫風九青的控制，你也就不要再赴她的九年之約。」

羅獵道：「克文兄，我不會和風輕語合作。」

方克文愣了一下，雙目中充滿了失望。

羅獵道：「有沒有想過，風輕語和風九青又有什麼分別呢？」他在委婉地提醒方克文，現在風輕語正在利用他們，即便是他們能夠擺脫風九青的控制，最後的結局還不是才出虎口又入狼群，其實方克文和安藤井下無一不是智慧超群之人，可是他們的異能在強壯他們身體的同時也影響到了他們的思維，讓他們的性情變得偏激而孤僻。

方克文已經很少和別人這樣交流了，自從他在羅獵幫助下離開九幽秘境，就沒有一天好過，方克文也知道自己這輩子可能註定是個悲劇，註定被他人利用。

方克文並沒有向羅獵出手，他歎了口氣道：「如果時間能夠回頭，我寧願留在九幽秘境，永遠也不離開。」如果不是羅獵進入九幽秘境，方克文應當早就死了，死了就一了百了，這樣他就不知道自己在這世上還有一個女兒，這樣他也就死得了無牽掛，不像現在明明很想死，卻不能死，因為他放心不下自己的妻女。

羅獵也是心中黯然，如此說來不知自己是救了方克文還是害了他？

方克文再不說話，轉身向一旁黑暗的街巷走去，羅獵沒有追趕，只是默默望著他的身影消失。

準備回到自己的車上，後方一輛汽車駛來，雪亮的燈光照在羅獵的身上，羅獵瞇起眼睛，看到那輛車在不遠處停了下來，從車上下來一人，卻是琉璃狼鄭千川，和鄭千川一起下車的還有他的兩名手下，兩人都將手抄入懷中，緊握著一把手槍。只要鄭千川一聲令下，他們就會毫不猶豫地對羅獵出手。

羅獵打量著鄭千川，剛才在晚宴之上，此人就對自己出言不遜，在這裡遇上難道他想要即刻就找回顏面？

鄭千川來到羅獵面前三尺左右站定，獨目盯住羅獵道：「不是冤家不聚頭！」

羅獵道：「鄭師長的冤家恐怕不止我一個。」

鄭千川道：「在奉天，大帥能夠護著你，可是我就不相信你能夠在奉天待一輩子。」

羅獵道：「你認識我也有許多年，我能夠活到現在難道是依靠別人庇護？」

鄭千川道：「你傷了我的人，這筆帳我給你記下了。」

羅獵道：「我不妨提醒鄭師長一句，如果你的那幫蝦兵蟹將再來找我或我朋友的麻煩，我絕不會手下留情。」

鄭千川呵呵笑了起來，然後突然收斂住笑聲：「咱們走著瞧！」

自從和葉青虹結婚之後，羅獵的失眠症改善了許多，可是在葉青虹遇襲流產之後，他的症狀突然又加重起來，今晚發生的事情又讓羅獵心潮起伏，久久無法平靜，西海之後，風九青幾乎從他的生活中消失，而他也算過了幾年平靜的日子，現在還擁有了一個幸福的家庭，羅獵始終在迴避他和風九青之間的九年之約，可他心中明白，有些事始終是無法迴避的。比如方克文和安藤井下，這些年他們始終在掙扎著，他們渴望擺脫自己的宿命。

羅獵知道葉青虹是何其希望自己毀約，放棄遵守風九青的九年之約，可是當年他正使用九年之約換來了蘭喜妹的三年生命。有一點羅獵並未告訴任何人，他遵守的九年之約不僅僅是答應了風九青，更是心底對蘭喜妹的承諾。

以風輕語為首的這些人的覺醒讓羅獵預感到一場危機的到來，這場危機比他預想中更早一些，他甚至預感到，這件事或許會驚動風九青。

羅獵徹夜未眠，第二天一早他剛剛起床，就有人前來拜訪，這次來的居然是遁地青龍岳廣清，說起這岳廣清原來曾經是狼牙寨的七當家，後來不知因何逃離山寨，當時羅獵和葉青虹帶著小彩虹還在蒼白山深山老林中的木屋生活，恰巧遇到岳廣清夫婦被追殺，羅獵救了他們。也正是這個原因，促使羅獵提早離開了蒼白山。

此番相見岳廣清已經不再是當初倉皇狼狽的樣子，岳廣清唇上多了兩撇八字鬍，整個人顯得成熟了許多，也沉穩了許多，見到羅獵，他快步走向前去，伸出雙手和羅獵握了握，羅獵是他的救命恩人，當初如果不是遇到羅獵，他已經死於狼牙寨的追兵之手。

岳廣清道：「羅先生別來無恙？」

羅獵笑道：「還好，岳先生還好吧？」

岳廣清連連點頭。

羅獵邀請他坐下，岳廣清道：「我這次過來，主要是為了向羅先生表達謝意。」他拿出一個禮盒，打開禮盒，其中擺著一對青翠欲滴的帝王綠翡翠手鐲，羅獵道：「如此貴重的東西，岳先生還是拿回去吧。」

岳廣清道：「聽說羅先生和葉小姐結婚，我也沒什麼好送的，這對玉鐲就當是小小心意，羅先生務必要收下，和我們兩口子的性命相比，這對鐲子根本算不上什麼。」

羅獵見他態度如此誠懇，只能收下。

岳廣清見到羅獵收下自己的禮物，這才鬆了口氣，他又道：「我這次來還有一件事想要提醒羅先生。」

羅獵道：「岳先生但說無妨。」

岳廣清道：「羅先生是不是已經和鄭千川見面了？」

羅獵點了點頭道：「見過，而且還和狼牙寨的人交了手，其中一人叫黃皮猴子黃光明。」

岳廣清點了點頭道：「他在狼牙寨排行老五。」

羅獵道：「你不是已經脫離了狼牙寨，怎麼？還對他們的事情感興趣？」

岳廣清道：「他們早已將我視為眼中釘肉中刺，恨不能將我千刀萬剮，我和狼牙寨也已經劃清了界限，實不相瞞，我是張大帥的人。」直到今日，岳廣清方才向羅獵吐露自己的真實身分。其實他在狼牙寨臥底多年，為的就是有朝一日能夠幫助張同武拿下狼牙寨，當時在蕭天行活著的時候，岳廣清深得蕭天行的信任，在狼牙寨的地位也非同一般，可以說是第一紅人，可是一切在蕭天行死後發生了改變。

琉璃狼鄭千川成為狼牙寨寨主之後，他就開始任用親信，排除異己，徹底拋棄了昔日蕭天行保持中立，利用張同武和徐北山都想拉攏他的心思，從兩方都撈取好處，而變成了徹底倒向徐北山。

岳廣清看在眼裡急在心裡，如果任由形勢這樣發展，只怕整個狼牙寨很快就歸宿到徐北山的旗下，再也沒有迴旋的餘地。岳廣清想從內部分化，計畫剷除鄭千川，然而他的計畫還沒有來得及實行，就被人發覺，於是岳廣清被追殺，幸虧他逃得及時，中途又遇到了羅獵，不然早已死了。

羅獵道：「聽說張大帥已經決定和徐北山議和，最近就會親自來到奉天和談？」

岳廣清歎了口氣道：「確有其事，徐北山勾結日寇，出賣國人，張帥不忍看到生靈塗炭，戰火遍地，所以才想暫時休兵罷戰，也好讓百姓調養生息。」他對這次的和談並不看好，其實在來奉天之前仍然在勸說張同武改變念頭，可張同武一意孤行。

羅獵道：「我對你們的這位張大帥並不瞭解，可是我在黃浦見過你們的少帥張凌峰，還有大帥的侄子張凌空。」

岳廣清道：「少帥已經回來了。」

羅獵道：「黃浦盛傳著一個說法，都說張大帥因為滿洲戰事不利，所以開始提前為自己找後路。」

岳廣清道：「一定是有心人在故意亂我軍心。」他的語氣雖然堅定可是內心卻早已動搖，羅獵說的事情他也聽說過，如今的張同武有些英雄氣短了，全軍上下失望的情緒正在蔓延著。

岳廣清道：「謀事在人成事在天，有些事並不是努力就能夠實現的。」他話鋒一轉：「羅先生，我來還有件事要通知您，我聽說您新近加入了盜門。」

羅獵道：「我拜了盜門長老福伯為師，並不是加入盜門。」

岳廣清道：「在外人看來就是這樣，羅先生，我聽到一個消息，索命門會對付您。」

羅獵知道此事的起因，索命門殺手駱紅燕假扮護士意圖謀殺葉青虹，當時因自己及時識破並當場將之斬殺於醫院之中，後來知道駱紅燕的叔叔是索命門門主駱長興，索命門想要對付自己的原因應當是為駱紅燕報仇。

羅獵道：「謝謝提醒，我會小心。」

岳廣清道：「對了，你大概不知道盜門有位長老叫鄭萬仁，此人乃是琉璃狼鄭千川的哥哥。」

羅獵內心一震，如此說來自己的敵人不少，想起鄭千川對自己恨之入骨的樣子，原來他惱怒自己的不止一件事。

岳廣清道：「羅先生要多加小心才是。」

羅獵道：「多謝岳先生提醒，我會小心。」

岳廣清來此提醒羅獵的目的已達到，他也沒必要繼續逗留，起身告辭。

羅獵送走了岳廣清，心情不由得變得沉重起來，因為和風九青的九年之約，他更希望在那一天到來之前好好享受和家人一起的日子，可他越是甘於平淡，卻越是無法平淡，也許人生充滿了太多的不如意，岳廣清的提醒讓他無法不重視起來，且不說盜門的事情，索命門是一個為達目的無所不用其極的門派，駱紅燕的死讓駱長興悲痛欲絕，他想要為侄女報仇也是正常。

羅獵決不允許葉青虹遇襲的事件再度重演，想要徹底解決這種事就必須要自己先將潛在的危險因素清除掉，在這件事上他必須要採取主動，一旦敵人找上門來局面就會變得無比被動。

羅獵返回房間準備換身衣服出門，卻發現風輕語就坐在他的房間內，羅獵看了看窗戶，推斷出她一定是在自己剛才下樓接待客人的時候從窗戶溜進來的。

羅獵道：「放著大門不走，你居然爬窗戶？」

風輕語道：「知道你不歡迎我，所以我只能自己進來了。」

羅獵道：「該說的話我都已經跟你說過了，難道你還不明白我的意思？」

風輕語道：「我總覺得你在最後關頭會改變主意。」

羅獵道：「你的感覺是錯誤的。」

風輕語道：「九鼎乃是構築這個世界的根基，我姐尋找九鼎的目的是要獲得九鼎之中蘊含的強大能量，如果她當真能夠如願，那麼她將會擁有毀天滅地的力量，到時候倒楣的絕不僅僅是我一個人。」她停頓了一下道：「你、你的妻子、女兒、你的朋友，這個世界上的每一個人乃至生物都逃脫不了被毀滅的噩運。所以我們唯有在她啟動九鼎之前將她毀滅掉。」

羅獵道：「你為什麼不直接去殺死她？」

風輕語道：「我沒能力辦到，我姐目前的實力已經沒有人能夠擊敗她，就算我們幾人聯手也不能，她從黑日禁典中獲得了成為吞噬者的方法，解鈴還須繫鈴人，也只有從黑日禁典下手才能找到擊敗她的辦法。」她雙手的十指糾纏在一起：「我知道她的不少秘密，包括黑日禁典的下落，可是我一個人卻沒有辦法完成這件事。」

雙眸盯住羅獵道：「我知道你不是一個坐以待斃的人。」

羅獵道：「我為什麼一定要跟你合作？」

風輕語道：「沒有我的幫助你也對付不了她，你認識的那幾位朋友，之所以能夠答應幫我，是因為他們也感覺到了危機，風九青的心中只有自己，她才不會在乎他人的死活。」

羅獵道：「你呢？我又怎能知道你的目的不是成為下一個風九青？」

風輕語搖了搖頭道：「我只想自由，我不想成為被她操縱的工具。」

羅獵道：「我怎麼相信你？」

風輕語咬了咬嘴唇道：「你不是擁有窺探他人腦域的能力嗎？為了表達我的誠意，我可以讓你進入我的腦域，窺探我的內心世界。」

羅獵靜靜望著風輕語，風輕語平靜地望著他，不過羅獵還是從她的雙目深處看到了一絲惶恐，風輕語的身軀忽然顫抖了一下，她的眼前變得白茫茫一片。

這是一片血色荒原，天空殷紅如血，地面溝壑縱橫，蛇形遊走於天際的閃電不停撕裂著天空，血紅色的雨滴密集砸落在地面上，淒風苦雨的血色世界中看不到任何的生命。

灰色孤狼迎著血雨漫步在荒原之上，牠尋找著荒原上的生命，越過河流走山巔，方才在山巔看到一隻被鐵鍊鎖住的羔羊，羔羊的腹部裂開一個觸目驚心的血口，牠的眼睛中充滿了無助和惶恐，此時一隻禿鷲從空中俯衝而下，撲向那頭羔羊，從羔羊腹部的血口中扯下牠的內臟，一口吞下，然後又振翅飛走。

羔羊沒有發出聲音，傷口血如泉湧，可是牠的內臟又開始重新生長，再過一段時間，禿鷲會再度前來，以同樣的方式吞食牠的內臟，無窮無盡，不死不休。

羔羊看到了孤狼，弱小的身軀在瑟瑟發抖。

孤狼佇立在原地，昂起頭顱，頸部銀灰色的毛髮已經根根樹立，天空中一隻禿鷲在緩緩盤旋，等候著下一次的掠食……

風輕語重新回到現實中來，她感覺自己失神只是片刻之間的事情，可是卻無比疲憊，聞到咖啡的香氣，卻是羅獵將一杯熱騰騰的咖啡遞到了自己的面前，風輕語不知為何鼻子一酸，險些流下淚來。

風輕語接過咖啡道：「你知不知道一個人每天都要經歷噩夢的痛苦，我從記事起就被噩夢困擾著。」

羅獵能夠理解，他自己何嘗不是這個樣子：「你還記得自己的父母嗎？」

風輕語搖了搖頭道：「我沒有關於家人的記憶，能夠記得的只有風九青，我懷疑她改造了我的記憶，讓我變成了她的附庸和工具。」

羅獵道：「也許你應該感到幸運，她並沒有吞噬你的力量。」

風輕語道：「我甚至想過死，也許只有死亡才能讓我擺脫她的控制，然而我不甘心！」

羅獵在風輕語的對面坐下，抿了口咖啡道：「你知不知道黑日禁典具體收藏在什麼地方？」

風輕語道：「我只知道在徐北山這裡，究竟在什麼地方可能只有徐北山知道，你既然擁有進入他人腦域的能力，就可以神不知鬼不覺地將《黑日禁典》找出來。」

羅獵卻並不這麼認為，風九青為人謹慎，她不可能將那麼重要的東西輕易就託付給徐北山，既然風九青能夠通過這本書成為吞噬者，徐北山同樣擁有這樣的可能，為何徐北山對之毫不動心？最大的可能就是連徐北山自己都不知道黑日禁典到底藏在何處。

羅獵想起了家樂，如果說連接徐北山和風九青的紐帶只有這個孩子，徐北山認為家樂是他和藤野晴子所生，可是風九青就是藤野晴子，以風九青的眼界未必能把徐北山放在眼裡，風九青掌控黑日禁典，能夠控制那麼多異能者，她本身的能力是非常出眾的，風九青如果擁有了影響他人腦域的能力，那麼對徐北山的腦域造成干擾，讓他誤以為家樂是他的親生子也有可能。

一個想法忽然闖入了羅獵腦海中，他感到自己真的有必要和家樂見上一面。

風輕語望著沉默良久的羅獵，終於忍不住道：「你怎麼想？願不願意跟我合作？」

羅獵道：「也許黑日禁典沒有你想像中的重要，也許其中根本沒有你想要的答案。」

風輕語道：「如果當真如此，我會不惜和她殊死一戰。」

徐北山信守承諾，在家樂從歐洲返回之後，特地派人邀請羅獵來帥府和家樂見面，如今的家樂已經成為一個十六歲的少年，他不再是羅獵印象中那個胖墩墩的小子，而是變得又黑又瘦，身高已經幾乎和徐北山比肩，神情雖然冷漠但是沒有褪去少年的青澀。

徐北山笑著將羅獵介紹給他道：「家樂，這是你羅大哥。」按照輩分理當如此稱呼。

家樂叫了聲羅大哥，可表情卻沒有絲毫的親熱。

羅獵道：「你不記得我了？五年前我們一起乘車姑蘇到奉天，你沒事總喜歡溜到我車廂來的。」

家樂道：「記得，你幫過我。」他向徐北山道：「原來都是父親安排好的，您總是這個樣子，我的任何事都要過問，今天又準備為我安排什麼事情？」

徐北山臉上的笑容漸漸消失了，如果不是羅獵在場，他恐怕馬上就要發作起來，這孩子越大越不省心，其實從他找回這個兒子開始他就沒有省心過，這小子跟自己壓根就不親，可能是因為自己沒有從小把他帶大的緣故。

家樂道：「我不該問，這位羅大哥是您安排來跟我見面的。」

徐北山再也按捺不住心頭的憤怒，怒斥道：「不得無禮！」

羅獵笑道：「大帥，不要動怒，家樂跟我開玩笑呢。」

家樂道：「誰跟你開玩笑……」突然他的右手捂住了額頭。

徐北山關切道：「你怎麼了？是不是頭又痛了？」

家樂道：「我沒事，不用你管。」

徐北山看了看羅獵，表情顯得頗為無奈，他能夠指揮千軍萬馬，偏偏對這個兒子毫無辦法，徐北山時常會想，這小子是不是自己的報應？

羅獵向徐北山道：「大帥，不如我陪家樂出去走走？」

徐北山愣了一下，沒想到家樂道：「好啊，那就出去走走，這裡氣悶得很。」他起身之後又向徐北山道：「千萬不要讓人跟著我！」

大帥府很大，後花園內有一面小湖，羅獵跟著徐家樂的腳步來到小湖邊，徐家樂停下腳步，轉身居然向羅獵笑了起來：「羅叔叔，我記得你，當年在火車上你還救過我。」

羅獵啞然失笑，原來剛才這小子全都是在徐北山面前裝樣子，有道是從小看到大，從他小時候的古靈精怪就知道他長大後還是個頑皮的小子，羅獵道：「叫我羅大哥吧。」雖然他並未承認徐北山是自己的大伯，可畢竟那是一個事實，他無法否認的事實，根據輩分，他和徐家樂是同輩，以兄弟相稱也是正常。

徐家樂道：「我父親當真是你大伯？你跟我說說看，到底是怎麼回事？」

羅獵道：「過去我也不知道，你父親是我爺爺的義子，所以我理當稱他一聲大伯。」

徐家樂雙目熠熠生輝道：「如此說來咱們果然是兄弟呢，我過去還叫你叔叔，豈不是虧大了？」

羅獵笑道：「稱呼而已，咱們私下的時候你想怎麼叫就怎麼叫。」

徐家樂道：「我才不叫你叔叔呢，不然我豈不是虧大了。」他在湖邊撿起一顆石子狠狠向湖心丟了出去，看到石子沉入湖心，泛起一圈圈的漣漪，他深深吸了口氣道：「我都鬧不明白自己怎麼就突然多了個爹，對了，你有沒有見過我阿姨，有沒有見過宋伯伯？」

羅獵知道他口中的阿姨指的應該是風九青，至於宋伯伯肯定是宋昌金了，當年就是他們兩人將徐家樂送到了奉天。羅獵搖了搖頭：「有幾年沒見了。」

家樂道：「我一點都不喜歡現在的生活，過去我在鄉下，上山打鳥，下河捕魚，那種日子過得多麼逍遙自在，可現在除了在大帥府裡我可以獨來獨往，只要一走出這座院子，馬上就會被人跟著，這樣的生活簡直跟囚犯沒有任何分別。」

羅獵心想每個人都有每個人的煩惱，比起外面那些饑寒交迫的孩子，家樂的生活不知要多麼逍遙自在，可能人的內心深處都是嚮往自由的，所以他才會生出那麼強的叛逆心。

羅獵道：「我聽說你經常會頭痛？」

家樂點了點頭道：「最近兩年的事情，時不時就會頭疼，疼起來就如同有人用鋸子慢慢鋸開我的腦殼，感覺我的大腦在裡面不斷地膨脹，隨時都可能炸裂開來。」他有些鬱悶地托住自己的腦袋：「你說我會不會死？」

羅獵道：「你不是去歐洲看病了嗎？醫生怎麼說？」

家樂歎了口氣道：「還能怎麼說？他們都說我沒有任何的毛病，可是我明明就是頭疼，還有醫生說我是裝病，你說他們是不是廢物？」

羅獵道：「有些時候西醫也沒那麼神奇。」

家樂道：「中醫我也看過，我……父親……」到現在他雖然以父親稱呼徐北山，可總覺得還是不自然，但是有一點他不得不承認，徐北山對他非常關心，為了治好他的病想盡了一切的辦法，請來了可以找到的所有名醫，也是在國內沒有辦法的前提下方才將他送去歐洲求醫，結果還是無功而返。

家樂道：「所有有名的中醫幾乎都看過了，他們說我是心病，什麼叫心病？還不是說我在裝病。」

羅獵道：「家樂，不如我幫你看看。」

家樂眨了眨眼睛道：「你是醫生嗎？」

羅獵道：「多少懂一些。」

家樂道：「你可以幫我看，不過你得先答應我，等你幫我看完病，就帶著我出去透透氣，我實在受不了這大帥府，待在這裡跟坐牢沒有任何分別。」

羅獵想了想道：「好吧！」

家樂道：「怎麼看？」

羅獵讓他和自己面對面坐下，輕聲道：「你放鬆自己，就算是睡過去也無所謂，只需要記住，我在你身邊可以照顧你……」

說來奇怪，羅獵的聲音中似乎包含著一種無法形容的魔力，家樂聽到之後突然感覺到昏昏欲睡，眼皮也變得沉重起來，不一會兒功夫就進入了夢境。

羅獵催眠家樂的目的是為了方便進入他的腦域，在風輕語一口咬定《黑日禁典》就在徐北山處保存的時候，羅獵就認為最可能收藏《黑日禁典》的地方就是家樂的腦域，風九青收藏那麼重要的東西，一定會藏在一個普通人無法發現的地方。

家樂的腦域中滿是彩色的泡沫，蒼狼進入這泡沫世界之後，看到前方的泡沫一個個的破滅，每個人的腦域都會呈現出不同的形態，正常人的腦域通常是千變萬化沒有規律可循的，可是複製人的卻不同，雖然也能夠呈現出非常複雜的腦域狀態，可其中必然存在著一定的規律，甚至很多的重複之處。

蒼狼的前方出現了一面小湖，牠毫不猶豫地走了過去，蒼狼踩在湖面上如履平地，腦域中的影像有高度契合現實者，也有僅僅是幻象，蒼狼所面對的一切皆是幻象。

羅獵很快就意識到家樂並非一個複製體，可他也不是一個普普通通的孩子，他的身體和腦域都被風九青改造過，羅獵更加反感風九青，這個女人做事當真是不擇手段，這個世界上是否還有她真心喜歡的人？

家樂之所以感覺到頭痛，原因是他的腦域被人刻意改造，風九青在他的腦域中布下迷陣，用來掩飾她要隱藏的秘密，羅獵的直覺告訴自己，風九青想要隱藏的就是黑日禁典。

蒼狼站在湖面之上，空中烏雲變幻，湖面映出烏雲的倒影，蒼狼俯首望去，卻見層層漣漪之中，數百隻錦鯉遨遊於水下，波光瀲灩，金光閃爍，一時間讓人目眩神迷。

蒼狼低下頭去，試圖將頭探入水中，觸碰到的地方卻堅硬如冰。

這冰層實際上是風九青在家樂腦域中設下的封印。

想讓家樂的腦域重新恢復自由，就必須要打破風九青事先設下的一道道禁制，腦域之中一切皆是影像和虛幻，蒼狼眼中的小湖和冰面都是不存在的，羅獵的意識力非常強大，當今世上已經少有人能夠企及，就算是風九青在這裡，羅獵也未必會弱於她。

這種腦域中的屏障，雖然是風九青引導，卻是家樂自身潛力使然，入侵腦域的壓力越大，會迫使他產生更強的對抗，給予的壓力越小，對抗力就越薄弱。

湖上的冰面蜘蛛網一樣裂開，蒼狼的身體沉入小湖之中，一條條錦鯉在眼前游動，錦鯉的身上閃爍著一個個金色的文字，蒼狼聚精會神地觀察並記憶著這些文字。當牠每記住一條錦鯉上的文字，那條錦鯉就在水中化為金色的光塵，一條一條的消失，直到最後已經完全不見。

羅獵深吸了一口氣，如同從一個冗長的夢境中醒來，家樂坐在那裡睡著了，羅獵擔心他受涼，脫下自己的大衣為他披上，陽光照射在家樂充滿稚氣的臉上，他已經很久沒有睡得如此安祥。

家樂醒來的時候，發現自己在這裡睡了就快三個小時，他看到了身上的大衣，雖然披著大衣還是感覺到有些寒意。家樂感覺內心中前所未有的放鬆，抬頭望陽光燦爛，白皚皚的積雪在陽光的照耀下白得刺眼。

羅獵就站在小湖邊，望著白雪包圍中的一泓碧水。

「醒了？」羅獵聽到家樂的腳步聲。

家樂茫然道：「我怎麼就睡著了？」

羅獵道：「你太累了。」

家樂道：「羅叔……羅大哥……」這倉促的改口讓他自己都忍不住笑了起來。他笑了好一會兒方才止住笑聲：「羅大哥，您不是說要帶我出去玩？」

羅獵點了點頭道：「好！」

這天下午，羅獵抽了整整一個下午的時間陪著家樂在奉天城內好好轉了轉，家樂已經很久沒有這麼開心過，直到夜幕降臨，羅獵方才將他送回大帥府，羅獵其實早就發覺，他們出門的時候，始終有人在悄悄尾隨保護著他們，無論家樂是不是徐北山的親生骨肉，在徐北山眼中這都是他的親生兒子，風九青編了一個彌天大謊，讓徐北山認為，家樂是他和藤野晴子的兒子。

羅獵無意戳穿這個謊言，如果徐北山得知真相，那麼家樂的命運必將發生天翻地覆的改變，以徐北山的性情肯定不會對一個毫無關係的孩子如此上心，甚至會惱羞成怒。

離去之前，徐北山再次將羅獵請到他的會客室內，微笑道：「我很久沒有看到家樂這麼開心了，看得出他很喜歡你。」

羅獵道：「畢竟是小孩子，每個小孩子都貪玩，大帥如果想跟他更親近一些，就多抽時間陪陪他。」

徐北山歎了口氣道：「我很想這麼做，可惜我沒有時間，每天的軍務都壓得我透不過氣來，別人只看到我在人前的風光，誰又能夠想到我會如此辛苦？有時候真是懷念過去無官一身輕的日子。」

羅獵從他的目光中看到的卻是勃勃野心，相信徐北山定然言不由衷。

羅獵道：「家樂的病並不嚴重，只是心裡壓力過大，以我之見，這裡的環境並不適合他。」

徐北山點了點頭道：「我知道他叛逆的原因是什麼，這麼大的孩子誰不嚮往自由？可是我不敢輕易放手啊，在滿洲有多少人想要對付我，如果我給他所謂的自由，可能不等明天就會出事，別人就會用他來要脅我。」

羅獵知道徐北山所說的都是事實。

徐北山又道：「我準備送他去北美讀書，他大姐在那兒剛好可以照顧他。」

羅獵曾經有過北美留學的經歷，可是他那時的條件很差，自然無法和家樂的條件相提並論，他點點頭道：「讓他換個環境，倒也不失為一件好事。」

徐北山歎了口氣道：「日本人不好對付啊，我這麼大年紀，生死早已看淡，可是我總不想連累我的兒女。」

羅獵心中暗忖，其實徐北山已經連累了兒女，他和日本人聯手，無論本意如何，在中華百姓的眼中他的行徑已經和漢奸無異，必將在歷史中留下罵名。

羅獵道：「大帥，我走了，您也早點休息。」

徐北山點了點頭道：「有時間常來轉轉，家樂很喜歡你的。」

羅獵回到家中，常柴向他稟報，今天白天有個老者過來找他，留下一封信走了。羅獵接過那封信撕開看了看，裡面寫著時間地點，卻是明天中午在城北小火炕飯店。

羅獵對此地有些印象，當初他曾經和宋昌金在這裡吃飯，結果被徐北山的人馬困住，將他帶到某個軍事基地和徐北山見面，事後證明那次的事情是宋昌金設下的圈套。

看到這個地方，羅獵首先想到的就是宋昌金。

常柴又道：「對了，夫人打過電話過來。」

羅獵點了點頭，回到自己的房間，給葉青虹回了一個電話，剛好女兒未睡，在電話中和羅獵說了好一會兒，葉青虹好不容易才接過電話，柔聲道：「張大哥和嫂子已經到了，你何時回來？」

羅獵道：「這邊還有些事情要處理，我估計可能還需要十天左右的時間。」

葉青虹提醒羅獵要注意安全，並告訴他最近瀛口登陸了不少日軍，整個瀛口的氣氛都顯得格外緊張。

羅獵讓葉青虹多加小心，掛上電話，回憶了一下歷史上這段時間曾經發生過的事情，他很快就確定，張同武應該在這次和談後不久被日本人暗殺，這次的暗殺成為南滿和北滿兩大軍閥之間戰爭的導火線，整個滿洲陷入慘烈的內戰中，鷸蚌相爭，漁翁得利，日本人趁著這次良機，迅速佈置在滿洲的兵力，擴張他們的勢力，從而整個滿洲落入了他們的實際統治之下。

羅獵討厭這樣的歷史，可是他又知道他所熟知的這段歷史是未來的史官所記載，換而言之就是真實發生過的，父親曾經警告過他，決不可輕易改變歷史，這些歷史重大事件的改變甚至會導致他所在的整個世界崩塌，帶來不可估量的災難。羅獵決定，要在張同武遇刺之前離開這個地方。

果然被羅獵猜中，邀他前來見面的是宋昌金，幾年不見，宋昌金已經變成了一個白髮蒼蒼的老人，任何人都會衰老，只不過宋昌金相對衰老得更快一些，他佝僂著身子，滿臉都是皺褶，看到羅獵進來，有些誇張地笑了起來，蒼老的面孔猶如盛開的一朵菊花。

羅獵道：「三叔，果然是你。」

宋昌金咳嗽了一聲道：「我就知道什麼都瞞不住你。」

羅獵脫了鞋來到小火炕上坐下，看到桌上已經擺好了小菜：「請我吃飯，這次又有什麼目的？」

宋昌金道：「你總是把親情看得如此涼薄，就算你不把我當三叔，我卻永遠把你當成我的侄子。」

羅獵暗歎宋昌金虛偽，做了那麼多對不起自己的事情，居然還好意思說出這樣的話。

宋昌金道：「你這幾年過得還好吧？」

羅獵拿起已經燙好的酒壺，給宋昌金倒了一杯，自己也來了一杯，兩人碰了碰酒杯，將杯中酒一飲而盡，羅獵道：「過得去吧。」

宋昌金道：「蘭喜妹的事情我都知道了，她是個好姑娘。」他和蘭喜妹打過不少的交道，而且每次見面都會受制於蘭喜妹，宋昌金的臉上帶著傷感，看得出蘭喜妹的死他還是真心難過的。

羅獵道：「人這一生只求無憾。」

宋昌金因羅獵的這句話又長歎了一聲道：「是啊，可誰又能做到沒有遺憾，反正我是不能。」

羅獵道：「你是內疚吧？」

宋昌金道：「我內疚什麼？我有什麼好內疚的？」

羅獵道：「身為人子無法在雙親身邊盡孝，身為人父卻漂泊江湖四海為家，無法讓兒女得到父愛，身為人夫……嗨，這方面你好像更不用提了，三叔，你這輩子娶了多少老婆？」

宋昌金聽他這麼說，非但沒有生氣反而哈哈大笑起來：「小子說得不錯，當浮一大白！」他端起酒杯自己喝了。

羅獵望著他道：「您老這次來是不是又想坑我？」

宋昌金道：「倒是想坑，可坑不動了。」他長歎了一口氣道：「我只怕是活不長了。」

羅獵道：「每個人都會有這一天，趁著您老還能走動，還是將未了的心事解決一下。」

宋昌金道：「我開始也這麼想，想著給我的幾個老婆，一群子女多留點財產，所以我這些年才漂泊江湖四海為家，不瞞你說，錢我也賺了不少，可是我發現自己的想法完全是錯誤的，我這麼多子女沒有一個成器的，不是揮霍無度，就是庸碌無為，不是我看不起我自個兒，他們加起來連你一根小指頭都比不上。」

羅獵道：「其實當一個平凡人未嘗不是一個人的造化。」

宋昌金點了點頭道：「庸碌無為比揮霍無度還是要強一些。」他的臉上露出無奈的笑容：「其實跟我又有什麼關係呢？我死後他們做什麼事情我也不會知道，如果說還有遺憾，我最後悔的就是當初為何要管那麼多。」他向羅獵看了一眼道：「我現在終於明白你爺爺當年對我不聞不問也未嘗不是一件好事，如果我一直在他的身邊長大，或許能夠感受到父愛，或許能夠少受那麼多的磨難，可我這一生就沒那麼精彩跌宕。」

羅獵道：「當年爺爺把我送到中西學堂的時候，我也不明白他老人家為何一定要將我送走，現在想想，如果沒有當初的留洋，我可能會走另外一條路。」

宋昌金呵呵笑道：「為了咱們兩個羅家棄子，乾一杯。」

羅獵欣然舉杯，叔侄二人同乾了這杯酒。

宋昌金道：「你和風九青的九年之約不知不覺已經過去了一半，你到底怎麼想的，是不是還準備兌現承諾？」

羅獵點了點頭，在這一點上他從未動搖過。

宋昌金道：「你知不知道風九青尋找九鼎的目的是什麼？」

羅獵道：「不知道。」

宋昌金道：「傳說九鼎是大禹用來震懾水中妖獸，誰控制了九鼎，誰就能夠得到天下。」

羅獵笑道：「傳言罷了，代代相傳，有些事情不斷地被神話，所以才會變得如此神奇，其實真實的狀況未必是這個樣子。」

宋昌金道：「我原本也覺得沒有那麼神奇，可是當我看到風九青的力量時，我就相信這個世界上的確有人擁有毀天滅地的力量。」

羅獵道：「藤野家族所有的超能力應當是從那本黑日禁典中得來的。」

宋昌金道：「風九青成為了吞噬者，她可以吞噬其他異能者的能量，所以她才會在這麼短的時間內成長壯大，吞噬者是異能者的天敵。」

羅獵道：「風九青究竟是怎麼認識我母親的？」

宋昌金猶豫了一下，終於還是說道：「風九青和你母親早就認識，據我所知，你母親還救過她的性命。」

羅獵道：「你此前不是說風九青和我的父親曾有婚約？」

宋昌金點了點頭道：「我也是事後才知道現在的風九青早已不是她本人，藤野晴子取而代之，一直以來連我也被她蒙蔽。」

羅獵對宋昌金的這番說辭將信將疑，畢竟宋昌金早已習慣於說謊，現在就算說的是實話，也很難取信於人。宋昌金繼續道：「藤野晴子真正被藤野家族所不容的原因，據說是她喜歡上了一個男人，而這個男人不為家族所容，本來藤野晴子想隱瞞這件事，卻沒料到走露了風聲，於是藤野晴子乾脆逃離家族，她逃走的時候順手牽羊將《黑日禁典》盜走。」

羅獵對這件事倒是非常瞭解，藤野晴子喜歡上的男人就是弘親王載祥，按照蘭喜妹所說，她就是他們兩個的女兒，這件事顯然宋昌金是不知道的。

宋昌金道：「於是藤野晴子成為背叛家門的逆女，對藤野家族來說，那本《黑日禁典》是他們家族至寶，更麻煩的是，藤野家族中人除了藤野晴子之外並沒有人能夠真正參悟這本秘笈。」宋昌金並不知道羅獵已經得到了這本秘笈，《黑日禁典》記載的內容駁雜繁多，羅獵雖然智慧超群，也不敢說能夠在短時間內將之參詳並理解，而且這其中的許多東西，在羅獵看來都頗為邪惡，不由自主帶著抵觸感去看待。

羅獵最為關注的是成為吞噬者的方法，藤野晴子此前的圈套就是專門為了藤野俊生而設，藤野俊生畢生苦修，好不容易才得到了那麼多的異能，最後成為藤野晴子的踏腳石，被她一次性全部奪走了異能。

宋昌金道：「你母親應該是異能者，風九青得到的第一份異能就是她的。」

羅獵皺了皺眉頭。

宋昌金道：「我這麼說不是故意挑起你對她的仇恨，而是因為這件事是她親口告訴我的。」

羅獵道：「她殺了我的母親？」

「我不知道！」宋昌金搖搖頭道：「我只知道風九青死在她的手裡。」

羅獵道：「她殺了風九青取代了她的身分？」

宋昌金點了點頭道：「想要躲過藤野家族的追殺，她唯有用這樣的辦法，變成另外一個人。」

羅獵從《黑日禁典》上知道，吞噬者在吞噬異能者的能量之後也會吞噬掉異能者的部分意識，也就是說在一段時間內，吞噬者可以感受到被吞噬異能者的喜怒哀樂，《黑日禁典》中當然也記載了如何消除這種負面影響的方法。羅獵心中暗忖，不知母親的意識是否存在於風九青的體內？

宋昌金道：「風九青在不斷變得強大，如果我們不先下手為強，那麼以後再無人能夠將她制住。」

羅獵望著宋昌金，忽然明白宋昌金說了那麼多，原來他的目的還是想要聯手自己對付風九青，他的動機其實是和風輕語他們一樣的，羅獵不知他們何時達成了聯盟，他喝了杯酒，然後道：「你和風輕語也聯手了？」

宋昌金知道自己已經被羅獵識破，他歎了口氣道：「算不上聯手，最多也只是同仇敵愾，我們不殺她，她就會殺我們。」

羅獵道：「風九青好像已經有很久沒露面了吧。」

宋昌金道：「她答應我們的事一件都沒兌現，當初我們之所以放棄自尊拋棄良知去幫她，還不是因為受了她的蠱惑……」說到這裡他停頓了一下，望著羅獵道：「你也不是一樣？如果不是想她幫你救蘭喜妹，你會答應什麼九年之約？」

羅獵和宋昌金他們並不一樣，當初去西海尋找九鼎是源於對風九青的承諾，風九青救了洪爺爺是其中的原因之一，可羅獵本身對九鼎也充滿了好奇。等到蘭喜妹不惜代價阻止了羅獵，羅獵方才求風九青出手相救，以九年之約作為條件。

宋昌金道：「你終究還是沒有保住蘭姑娘的性命，風九青有這個能力，只是她不願犧牲自己的能量去成全你們。」

羅獵知道宋昌金這番話有撥弄是非之嫌，可是他並不在意，經歷那麼多事情之後，羅獵對一切看淡了許多。

宋昌金看出羅獵仍然沒有被自己說動，他歎了口氣道：「你還記不記得咱們在飛鷹堡找到的那顆珠子？」

羅獵點了點頭，記得，當初他們在飛鷹堡贔屭的背上發現了那顆珠子，宋昌金幾度想要據為己有，可最終沒有得逞。

宋昌金道：「你把它給了風九青，她說是避水珠，其實根本不是什麼避水珠，那顆珠子叫昊日丹，和慧心石一樣都是昊日大祭司生前試煉結晶而得，只要能夠得到兩樣中的任何一個，就能擁有改變世界的強大力量。」

羅獵道：「你又怎麼知道？」

宋昌金道：「你忘了三泉圖，那可是咱們羅家的寶貝，當年不知有多少人覬覦這寶貝，羅家死了那麼多人，和這樣東西都有關係。」

羅獵道：「就算你們殺掉了風九青，你們的命運會改變嗎？」

宋昌金搖了搖頭道：「改變不了，但是我不能眼睜睜看著風九青毀掉這個世界。」他的雙目變得通紅，彷彿隨時都要噴射出憤怒的火焰。

第八章

匿名信

羅獵望著這匿名信，心情沉重起來，
這封信沒有署名，也沒有說是保住誰的性命，
出現的時機實在是太巧，這讓羅獵聯想到家樂。

羅獵才不會相信宋昌金這群人會有悲天憫人的普世價值觀，他對自己的這位三叔非常瞭解，宋昌金骨子裡是個非常自私的人，在羅獵和他相處的過程中，他將利己主義的做法發展到了極致，雖然說人之將死其言也善，可骨子裡的自私是很難改變的。

而且羅獵發現包括風輕語、方克文、安藤井下在內的每一個人性格都變得和過去不同，結合此前的麻博軒和羅行木，羅獵初步得出了一個結論，這些變異者在生長的過程中也會發生種種改變，如同正常人的青春期、更年期一樣，只不過他們的變化更為集中，更為猛烈。

徐北山和張同武的和談並沒有得以進行，因為張同武在乘車前來奉天的途中遭遇爆炸，張同武連同他所乘坐的車廂一起被炸得灰飛湮滅，這一事件震驚了整個中華。

羅獵對張同武的死本身並沒有感到意外，因為他從智慧種子那裡得到的歷史，張同武就是這樣死的，真正讓他感到震驚的是時間地點並不相符，時間大大提前了。

張同武死在了北滿，火車還未來得及進入徐北山的勢力範圍就發生了爆炸，這讓徐北山得以撇清關係，而張同武的死頓時讓整個北滿陷入群龍無首的境地，為了儘快擺脫困境，安定軍心，北滿方面在第一時間擁立張凌峰上位，這位年輕的少帥因為父親的遇害而成為北滿之主。

徐北山在得知消息之後馬上發出了唁電，電報中不外乎是一些客套話，還有就是要做給天下人看，要讓所有人都知道這件事跟自己無關，張凌峰也很快進行了回覆，首先他對徐北山的弔唁表示感謝，還有一件事就是他要暫時擱置南北滿和談的進程，因為他要先為父親料理喪事。

徐北山明白這次的和談計畫已經在事實上失敗了，張凌峰這個人年少輕狂，沒有其父的膽略和能力，卻處處逞強，而且徐北山更為擔心的是，張凌峰很可能會倒向日方陣營。

果不其然，很快關於張同武的死因就塵囂而上，這些消息大都是對徐北山不利的，多半都認為是徐北山策劃了這次的謀殺，說他對這次和談原本就缺乏誠意，之所以要和談就是想將張同武騙來幹掉，至於為何張同武死於北滿，是因為徐北山想要撇開關係。

徐北山可以管住南滿的媒體，卻不可能管住北滿的記者，而且中華那麼大，出了這麼轟動的事件，所有記者都像聞了腥味的貓，一窩蜂湧到了滿洲，他們憑著敏銳的嗅覺發掘捕捉著每一個可能成為新聞的故事，一時間真真假假滿天飛。

徐北山沒想到張同武的死會帶給自己那麼多的關注，如果找一個確切的詞語來形容現在的自己，那就是焦頭爛額。

徐北山將一摞手下人搜集來的報紙全都推到了地上，副官嚇了一跳，趕緊蹲下去想要去撿拾散亂一地的報紙，徐北山怒道：「別撿，娘的！他們都是傻子嗎？老子為什麼要殺張同武？王八蛋，他已經向我低頭了，就算要殺他也要等到和談之後，你說這些人是不是傻子？」

副官不知該說什麼好，生怕說錯話觸怒了徐北山。

徐北山道：「這些人不帶腦子嗎？只要是稍有智慧的人都能想到，張同武死了對誰有好處。日本人！當然是日本人，他們不想滿洲安定，他們不想我一家獨大，所以才利用這種辦法故意挑起我們之間的仇恨，他們希望我們繼續打下去。」徐北山說了一通，卻發現副官一句話都沒說，不由得勃然大怒：「你啞巴了？老子說那麼多，你多少有點回應好不好？」

副官慌忙道：「對，對！」

徐北山罵道：「對個屁，老子說的是什麼？」

副官正想回應，徐北山擺了擺手道：「出去吧，別礙我眼！」

副官如釋重負，轉身要走，徐北山卻道：「收拾乾淨再走！」

副官只能又躬下身子撿拾散落一地的報紙，在徐北山身邊的確有種伴君如伴虎的感覺，稍有不慎就會觸怒他，搞不好還會因此丟掉官職，甚至丟掉性命，副官一邊琢磨著，一邊偷偷觀察徐北山的臉色。

撿完報紙，他帶著準備出門，徐北山又道：「給我查清楚這些新聞都是誰寫的，只要是人在南滿的記者全都給我抓起來，抓不到他們，只要他們有親戚朋友在這裡的就把他們親戚朋友給抓起來。」

「是！」

此時管家匆匆跑了進來，在過去他很少有過這樣的慌亂，今天這樣一反常態證明必然有大事發生，果不其然，他一進來就氣喘吁吁道：「大帥，不好了，不好了……少……少爺不見了……」

徐北山霍然站起身來：「你說什麼？」

「少爺不見了。」

「什麼時候的事情？」

「今天早晨，我去叫少爺起床，發現少爺不在床上，整個臥室，整個家裡我都找遍了，還是沒找到少爺，被窩也是涼的，應該是昨晚就逃出去了。」

徐北山怒道：「你們都是管什麼吃的？連一個人都照顧不好？都愣著做什

麼？還不趕緊去找？」

家樂失蹤讓帥府上下亂成一團，徐北山的警衛團出動幾乎找到了每一個他可能去的地方，有可能認識的人。

羅獵也在被調查之列，聽說家樂失蹤，羅獵也是吃了一驚，其實此前徐北山已經跟他談過，有意將家樂送去國外讀書，可沒想到人還沒有來得及送走就突然失蹤。

家樂的確沒有來找羅獵，前來調查的人走後，羅獵馬上利用自己強大的意識力去尋找家樂的蹤跡，隨著他的能力不斷提升，只要羅獵進入過腦域的人，羅獵都會記得對方的腦域，每個人都會發出獨特的腦電波，家樂也是如此，羅獵就算閉上眼睛也能夠感知到周圍腦電波的存在。其實過去龍玉公主就通過這種方式搜尋目標，不過那時是在空曠的甘邊大漠，地廣人稀的地方受到他人腦電波的干擾也較少，所以容易精確鎖定目標位置。

龍玉本身的精神力也比羅獵更強，羅獵這些年雖然精神力在不斷增長，可是仍然無法和當年的龍玉公主相比。更何況現在是在奉天，人口眾多，魚龍混雜，想要在這裡準確鎖定家樂腦電波的準確位置很難。

羅獵只希望家樂就在附近，如果距離太遠，他只怕也無能為力。

羅獵花了整整兩個小時，仍然沒有找到關於家樂任何的線索，也就是說他感受不到家樂的腦電波，這種狀況通常存在兩種可能性，一是目標距離自己太遠，還有一個可能就是目標已經死亡。

羅獵希望是前者，而且他認為家樂這次應當不是被劫，而是一次圖謀已久的離家出走，畢竟此前這孩子就透露過在家裡太不自由，他和父親徐北山也沒有別的父子那樣親密。

可是如果家樂來找自己不會到現在仍然沒有消息，就在羅獵準備出門尋找家樂的時候，有人送來了一封匿名信，信上只有寥寥幾行字，想要保住他的性命，速來黃土崗。今晚九點，獨自前來。

羅獵望著這沒頭沒腦的匿名信，心情不由沉重起來，這封信沒有署名，也沒有說是保住誰的性命，可出現的時機實在太巧，這讓羅獵不得不聯想到家樂。

他向常柴瞭解了一下，黃土崗是位於奉天北郊的一處亂葬崗，過去一度被當成槍決犯人的刑場，後來因為距離市區太近所以被廢除，只是那一帶仍然人煙稀少，因為在老百姓心中那裡是不祥之地，陰氣太重。

羅獵決定獨自前去，如果將這件事通報給徐北山固然能夠得到軍隊增援，可是興師動眾的結果必然是打草驚蛇。

藝高人膽大，羅獵對自己擁有足夠的信心，他不想動用任何支援，他也堅信就算黃土崗的事情只是一個圈套，他也一定可以全身而退。

黃土崗就算是白天也人跡罕至，更不用說是夜晚，今晚的天氣不好，烏雲密佈，不見星月，寒風凜冽在空曠的郊外狂野之上盤旋呼號，宛如鬼泣。羅獵驅車前來，將車停在距離黃土崗兩里之外的地方，然後步行前往。

黃土崗最明顯的標誌是一個土包兒，過去這土包之上還有一座土地廟，可後來因為年久失修，土地廟也坍塌損毀，如今只有一棵孤零零的老槐樹屹立在土包上面。

過了土地廟的遺址，前面就是一座挨著一座，成百上千的亂墳堆兒。這裡大都是無主孤墳，據說打清朝那時候起就將死後無人認領的屍體送到這裡安葬，後來漸漸延續下來成為一個傳統，就連現在也經常看到有屍體被拋到這個地方。

羅獵看到遠處兩道綠光，卻是一隻在亂葬崗覓食的野狗，野狗支稜著耳朵警惕地向他張望著，過了一會兒，轉身跑遠。

羅獵利用手電筒照亮周圍，看到雪地上有不少凌亂的足跡，花了一會兒功夫從淩亂的足跡中找出了一些規律，羅獵循著其中一行足跡向亂葬崗的深處走去，他的精神力向周圍蔓延開來，這樣冷寂的環境對他精神力的探察倒是一件好事，羅獵在一座殘破的石碑後停下腳步，因為他察覺到前方有活躍的腦電波，利用這石碑，可以隱藏身體，避免對方發動襲擊。

羅獵冷靜分辨了一下，潛藏在周圍的共有五種不同的腦電波，而在其中他並沒有發現熟悉的那一個，也就是說已經排除了家樂在這裡的可能。羅獵的身體躲在石碑後，他揚聲道：「我來了，你們不必躲著了。」羅獵的聲音在曠野中迴盪，並沒有人回答他。

羅獵短時間內已經判斷出對方五人藏身的位置，他摘下自己的帽子，向一旁探伸出去，帽子剛剛露出一部分，就聽到一聲清脆的槍響，呯！一顆子彈準確無誤地射在帽子上，將帽子射出一個破洞，羅獵幸虧及時縮回手去，他呼了口氣，看來對方根本不是跟他做交易的，對方的目的就是要將他引到這裡並將他殺死。

羅獵掏出一把手槍，裝上消音器和瞄準鏡，這都是他自行改進和打造的，他擁有著太多關於未來武器的知識，只需利用其中的一部分就能夠改造出準確率和殺傷力提升數倍的武器。

利用墓碑的掩護，羅獵對準了剛才射擊的地方，狙擊者就藏身在距離他兩點鐘位置的大樹之上，對方可以隱藏身形，卻藏不住腦電波，羅獵在鎖定目標位置之後，果斷開了一槍。

子彈通過消音器並沒有發出太大的聲音，輕微到敵人根本沒有意識到他開槍，直到樹上發出一聲慘叫，藏身在樹冠內的狙擊者從高處跌落下去，這聲慘叫吸引了他同伴的注意力。

羅獵在這個時候以驚人的速度衝向右前方，當敵人回過神來，同時調轉槍口開火的時候，羅獵已經躲藏在一座墳包的後方，子彈接連射中那座墳包，泥土和積雪漫天飛舞，有不少飛濺到羅獵的身上，可是這些對他根本造不成傷害。

羅獵靠在墳包上，等到這一輪攻擊過後，繼續探察著對方的腦電波，如今只剩下了四個，也就是說剛才被他擊中的那一人已經喪命。

羅獵揚聲道：「我給你們一個機會，如果再不現身，我就不客氣了。」

突突突！一道道迅猛的火力射向羅獵藏身的地方，對方因為同伴的死而惱羞成怒，架起一挺輕機槍向目標掃射，迅猛的火力壓制得羅獵一時間無法反擊，而此時，他感覺到敵人又有了行動，在機槍火力壓制自己的同時，有兩道不同的腦電波分從左右繞向他的身後對他進行包抄。

羅獵暗自歎了口氣，在他看來這些人無異於主動送死，憑藉著感知對方腦電波所在位置的能力，羅獵事實上已經擁有了比瞎子夜眼還要厲害的能力，夜眼必須建立在看到的前提下，而羅獵不必親眼看到，精神力就是他的眼睛，只要對方有腦電波的活動，羅獵就可以準確鎖定對方的位置。

羅獵之所以敢獨自前來，正是建立在他不斷壯大精神力的基礎上。一道刀光從羅獵的手中飛了出去，飛刀飛行的軌跡完全背離了物理學的規律，飛刀似乎擁有了自己的生命。

兩名意圖包抄羅獵的黑衣人先後聽到了風聲，當他們意識到這風聲和剛才不同的時候，看到了耀眼奪目的刀光，此時方才意識到那聲音是飛刀掠空的尖嘯。

當兩人先後栽倒在雪地上，飛刀在射殺兩名敵人之後，隨即向機槍手的方向射去，快如流星逐月，刀鋒刺入機槍手的咽喉。

硝煙仍在，激烈的槍火聲卻已經平息。

一位頭戴氈帽的老者已經意識到局勢急轉直下，他馬上就做出了離開的決定，在他倉促逃離交火現場約有半里的時候，方才回頭去看是不是有人追來。他轉身的時候，前方卻傳來一個聲音道：「您找我？」

老者一怔，不過出手卻沒有一絲一毫的猶豫，手槍對準聲音發出的方向就射，接連兩發子彈射空，手腕被對方抓住，一柄冰冷的匕首抵住了他的咽喉。

老者鬆開手，手槍掉落在地上，對方扯下他的氈帽。

羅獵並不認識眼前的老者，他也不關心對方的身分，低聲道：「家樂在哪裡？」

那老者冷哼一聲道：「我怎麼知道？」

羅獵道：「你是誰？」

老者道：「你殺了我的侄女，你會不知道我是誰？」

羅獵根據他的話推斷出他的身分，這名老者應當是索命門的門主駱長興，在黃浦的時候，葉青虹遇襲住院，索命門頂級殺手駱紅燕假扮護士前去行刺，被羅獵當場斬殺。此前岳廣清就提醒過他，索命門駱長興也來到滿洲復仇，想不到這麼快就來了。

羅獵道：「駱老先生為了殺我也算是煞費心機了。」

駱長興怒視羅獵道：「技不如人，我沒什麼好說的，要殺要剮悉聽尊便。」

羅獵道：「你只需要把那孩子交給我，我就放你一馬。」

駱長興怒道：「我說了不知道！我們索命門只殺人不綁架。」

羅獵看他的樣子不像撒謊，心念一轉，駱長興應當沒有撒謊，家樂失蹤並非小事，徐北山到處尋找，這件事許多人都應當知道，索命門利用這次機會來將自己引入圈套，只是他們沒想到啃到了一塊硬骨頭，非但沒有吃下自己，反而硌壞了牙齒。

駱長興現在的心情沮喪到了極點，他抱著為侄女復仇之心而來，可是一交手才發現，羅獵根本不是他們能夠對付的，這次非但沒有剷除羅獵，反而折掉了四名得力手下，其實他為駱紅燕復仇已經背離了索命門的傳統規則，索命門以殺人為職業，這個古老的殺手組織向來以人命換酬金，如果任務失敗被殺，只能怪他們技不如人，他們不會瘋狂復仇，因為報復會讓他們失去理智，會讓他們背離職業的初衷，如果說復仇的話，被殺者更應該找他們復仇才對。

羅獵道：「當初是誰雇傭你們謀殺我妻子的？」

駱長興慘然笑道：「羅獵，你的確很有本事，敗在你手裡我無話可說，紅燕之死也沒什麼可抱怨的，但我們索命門有自己的規矩，從來都不會出賣雇主。」

羅獵望著駱長興笑道：「從來都不出賣？可你知不知道我因何會及時發現駱紅燕謀殺我妻子的事情？因為你們的雇主提前出賣了她。」

駱長興因羅獵的這句話而心亂，他怒道：「你撒謊！」

羅獵真正的意圖在干擾駱長興的心神，在駱長興心神不定的時候，他就有了可趁之機：「是鄭萬仁讓你來殺我的對不對？」

駱長興雖然是索命門的門主，可是其心智卻無法和羅獵相提並論，在羅獵一系列的干擾下，突然聽到這句話，他目光茫然道：「你怎麼知道？」

催眠不同的人要採用不同的方法，羅獵這次採用的先是欲擒故縱，趁著駱長興陷入迷惘之時，猛然給出一個正確的問題，駱長興的思路在不知不覺中被他所牽制。

羅獵又道：「也是他讓你派人暗殺我妻子？」

駱長興茫然搖了搖頭道：「不是……」

「那是誰？」

駱長興喃喃道：「穆天落……」

羅獵內心劇震，他怎麼都不會想到會是白雲飛，他提醒自己一定要冷靜，也很快想透了這其中的道理，白雲飛從來都是一個不擇手段的人，他和自己也從來不是真正意義上的朋友，葉青虹已經準備放棄虞浦碼頭，而白雲飛顯然是不想看到他們和盜門之間和諧共存的，白雲飛想要挑起矛盾。

駱長興用力搖晃著頭，他感覺自己即將睡去，所以拚命提醒自己要清醒過來，至少他不能在這種時候睡去。

羅獵道：「開車襲擊我妻子的人也是你派去的？」

駱長興道：「不是，我只是幫忙殺了他……」遠處突然傳來野狗的吠叫，駱長興因為野狗的吠叫而清醒過來，他滿頭大汗，渾然不知剛剛發生了什麼。

羅獵放開了駱長興，駱長興惶恐地望著他道：「你……你對我做了什麼？」

羅獵道：「我發過誓，只要是傷害過我妻子的人，我一個都不會放過！」

駱長興的目光落在了雪地上，他剛剛丟棄的那把手槍仍然還躺在那裡，突然他撲了上去，一把抓住了手槍，倒地翻滾，撿槍發射的動作一氣呵成，駱長興不服老，他認為自己只要抓住手槍就還有反敗為勝的機會，可是當他扣動扳機之後卻發現眼前已經失去了目標。一道白色的弧光刺入了他的脖子，然後迅速圍繞他的頸部轉了一圈。

駱長興的頭顱滾落到了地上，斷裂的腔子裡湧泉般噴出鮮血，染紅了白雪皚皚的地面。

羅獵挺拔的身影已經走遠，過了一會兒，那隻早就等待的野狗方才發出一聲吠叫，向尚未變冷的屍體衝去……

了結了索命門的事情之後，羅獵也放下了一樁心事，駱長興死後，索命門樹倒猢猻散，相信以後不會再有人找他們的麻煩。不過家樂仍然沒有任何的下落，徐北山開始的時候還刻意封鎖消息，在家樂失蹤三天之後，他再也沉不住氣，已經出動一切力量在奉天尋找。

徐北山不知一個孩子能夠跑到哪裡去，家樂的身上寄託了他太多的希望，他膝下只有這個男孩，如果有什麼三長兩短，他都不知道應該如何面對，唯一讓徐北山感到慰藉的是到目前並沒有任何劫匪主動聯繫他，也就是說兒子被劫持的可能性不大。

徐北山希望家樂只是因為叛逆而離家出走，更希望兒子能夠早點醒悟歸來。

羅獵幾乎走遍了奉天的每個區域，因為缺乏線索，所以他只能展開這種大海撈針般的搜索，這幾天他的精神力已經達到了極限，利用這種辦法去找人也是極其損耗精力的一件事，然而羅獵的搜索也沒有什麼成果，家樂仍然如同石沉大海般杳無音訊，羅獵認為家樂很可能離開了奉天，不過他覺得這種可能性不大，畢竟他此前和家樂見面的時候，就開導了家樂，家樂也聽從他的奉勸準備去北美遊學，這孩子沒理由突然改變主意。

羅獵也想到另外一個可能，那就是風輕語，自己既然能夠想到風九青將《黑日禁典》藏在家樂的腦域中，風輕語或許也能夠想到，更何況此女口口聲聲要對付風九青，或許她終於想到要利用家樂。

在外奔波了一天的羅獵回到家中躺在沙發上懶洋洋不想動彈，利用精神力去搜索家樂的下落比起體力上的消耗更讓他感到虛脫，常柴給他泡了杯紅茶送到面前，羅獵道了聲謝，端起紅茶喝了幾口，就歪在沙發上睡了起來，直到葉青虹打電話過來方才驚醒，她也聽說奉天最近發生了不少的事情，所以非常關心羅獵的處境，羅獵在電話中當然不會透露出太多的事情，避免葉青虹為自己擔心，尤其是對索命門的事情更是守口如瓶。他讓葉青虹放寬心，自己這邊的事情處理完馬上回去。

掛上電話，看到常柴站在自己的對面似乎有話要說，羅獵道：「有事？」

常柴點了點頭道：「外面有位太太找您。」

羅獵道：「太太？有沒有說她怎麼稱呼？」

常柴道：「她說跟您一起去過西海。」

羅獵聞言心中一怔，剛才的疲憊一掃而光，整個人頓時精神了起來，他向常柴道：「去，快請她進來。」

羅獵猜到是風九青來了，果然不出他的所料，前來拜訪的人就是風九青。和上次在黃浦見到風九青不同，這次風九青已經不再是傭人的打扮，不過她穿著依然樸素，白白淨淨，看上去就是一個尋常家的婦人，誰也不會將她和叱吒風雲的女魔頭聯繫在一起。

羅獵示意常柴迴避，他起身相迎道：「風前輩居然肯屈尊拜訪，看來一定有重要事情。」

風九青的表情顯得非常謙和，在她的身上甚至找不到昔日居高臨下盛氣凌人的感覺，平和得幾乎不像她自己，她輕聲道：「羅先生實在是太客氣了，我路過奉天，前來拜訪一下故人也是應當的。」

羅獵請她坐下，親自為她泡了一杯紅茶，面對風九青，羅獵的內心是極其複雜的，按照輩分，風九青其實是他的岳母，可她還可能是害死自己母親的人。

風九青端起紅茶，她喝茶的樣子非常優雅，這讓羅獵不由得想起了自己的母親，他也不知為何會產生這樣的聯想。

風九青道：「你要是不嫌棄，就叫我一聲阿姨吧。」

羅獵沒有回應，只是端起了面前的那杯茶。

風九青道：「我知道你怪我，怪我當年沒有治好喜妹，只給了她三年的生命。」她歎了口氣道：「我已經盡力了，除非用我的性命去換，可是如果我真的那麼做了，你會更恨我，因為她會變成另外一個我，再不是深愛你的妻子。」

羅獵道：「過去的事情就不用再提了，我仍然會信守當年的承諾。」

風九青道：「如果你不恨我，也不至於吝惜到連一聲阿姨都不肯叫。」

羅獵實事求是道：「我真開不了這個口。」

風九青點了點頭也不再勉強：「知不知道我為什麼來奉天？」

羅獵搖了搖頭。

風九青道：「你那麼聰明怎麼可能不知道，風輕語他們找過你吧？是不是準備跟你聯手一起對付我？」

羅獵道：「你們之間的事情我不感興趣。」

風九青道：「這世上只有你能瞭解我的境界，也只有你能陪我說說話。」

羅獵笑道：「前輩高看我了，在下誠惶誠恐。」

風九青道：「我知道你去見過家樂，想必已知道了我的秘密。」她停頓了一下又道：「這世上擁有窺探他人腦域能力的人屈指可數，你就是其中之一。」

羅獵道：「你很瞭解我？」

風九青道：「比多數人都要瞭解。」

羅獵道：「你認識我的母親？」

風九青靜靜望著羅獵，竟然流露出幾分慈愛的目光，這目光雖然稍縱即逝，可是仍然被羅獵敏銳地捕捉到了，羅獵的內心因此而感到莫大的震撼，他忽然意識到了一件事，一件被他猜測許久的事情。

羅獵道：「我母親的死是不是跟你有關？」

風九青道：「我和她是很好的朋友，她幫過我，突然有一天，她找到了我，因為她知道自己必死無疑，害她的人是羅公權，這件事我早就告訴過你。」

羅獵道：「我憑什麼相信你？」

風九青道：「如果我和她不是朋友，她為什麼會告訴我那麼重要的事情？為什麼會告訴我你不是羅行金的兒子，你的父親是沈忘憂？」

羅獵怒道：「因為你恩將仇報，因為你吞噬了她的力量！」

風九青平靜望著羅獵：「不錯，我的確吞噬了她的力量，可是那是她要求我這麼做的，如果我不這麼做，她的所有力量也會隨著她的死而煙消雲散，與其那樣，她不如送給我這個好朋友……」說到這裡她的臉上出現了痛苦的表情：「你以為我會好過？得到她的能量之後在同時也要繼承她的愛恨情仇，這些年我始終在和她的意念抗爭，你明不明白？」

羅獵明白，因為此前在龍玉公主的身上就出現過同樣的狀況，龍玉在侵佔顏天心的腦域之後，顏天心的潛意識仍然在頑強地和她抗爭著，甚至在雄獅王將顏天心的意識毀滅之後，龍玉仍然會發生喜歡上自己的狀況，龍玉的精神力要比風九青強大得多，連她都不可避免發生這種狀況，證明風九青可能遭遇的麻煩更多，羅獵望著風九青內心非常的矛盾，不知母親是不是將意識和記憶也轉移到了風九青的身上。

風九青從羅獵的目光中讀懂了他的意思，她輕聲道：「你不用這麼看我，我花費了近二十年的時間，方才將她從我的體內徹底驅趕出去，我那麼辛苦又是為了什麼？」

羅獵道：「你尋找九鼎又為了什麼？」

風九青道：「一個人！」

「弘親王載祥？」

風九青沉默了下去，在羅獵的眼中這就是一種默認。

羅獵道：「你以為九鼎能夠做到嗎？」

風九青道：「過去我也沒有把握，可是現在我已經有了。」她望著羅獵一字一句道：「還要多虧了你給我的東山經。」

羅獵心中暗忖，自己給她的只是半本東山經，也就是說另外的半本東山經也很可能在她的手裡。

電話鈴聲突然響了起來，風九青指了指電話道：「快去接電話，說不定是風輕語打來的。」

羅獵走過去拿起電話，電話那端果然傳來風輕語的聲音：「羅獵，我姐姐是不是去了你那裡？」

羅獵轉身看了看風九青，風九青點了點頭。

羅獵道：「是，你是不是準備過來見她呢？」

風輕語格格笑道：「她恨我恨得要死，我怎麼敢去你那裡。」

羅獵道：「那孩子是不是在你的手裡？」

風輕語道：「聰明，難怪我姐姐總是誇你，對啊，他就在我手裡，現在躺在棺材裡面睡覺呢，你想見他，帶著我姐過來，你應當知道在何處能夠找到我。」

她說完就掛上了電話。

風九青道：「她在何處？」

羅獵道：「應該是在羅氏木器廠。」

風九青冷笑道：「棺材鋪？倒是會選歸宿。」

羅獵道：「他們設下了這個圈套就是等你過來。」

風九青道：「垂死掙扎，知不知道他們為什麼那麼恨我？因為他們全都沒幾天好活了。」

羅獵道：「風輕語好像不是你的妹妹吧？」

風九青微笑道：「我沒有妹妹，不過她算是我一手創造的，一個人想要成為吞噬者，其中必然要經歷極其辛苦的過程，所以在吞噬別人能量的同時，也要將自己體內那些不好的負面能量發洩出去，我選了好多人，可是因為跟我的差異太大都無法成功。」

羅獵道：「於是你想到了複製，根據自己創造一個複製體。」

風九青道：「也只有如此才能和我最像，才能承受這艱難的過程。」

羅獵道：「你可能只是將她當成一個實驗品，利用她吞噬別人的異能，確信無害之後再從她的身上吸取，你想得果然周到。」

風九青歎了口氣道：「當真什麼都瞞不過你，幸虧你不是我的敵人，如果你是，我恐怕真的很麻煩了，他們是不是準備跟你聯手殺我？」

羅獵道：「如果是，你害不害怕？」

風九青搖搖頭道：「我為什麼要害怕，在我心中你從來都不是我的敵人。」

羅氏木器廠大門敞開著，一隻破破爛爛的花環掛在門前，隨著夜風搖曳，這一場景顯得格外詭異。風九青和羅獵先後走入了大門，看到風輕語就坐在一具棺木上，雙手托腮入神地想著什麼，甚至連兩人走進門，她都沒有抬頭看上一眼。

風九青環視了一下周圍道：「我還以為你布下多大的場面，原來只是一個主動送死的笑話。」在敵人的面前，她馬上呈現出睥睨一切的霸氣。

風輕語道：「就算是送死也要嘗試一下，總好過無動於衷地等死，你說對不對？」

風九青望著這個自己一手創造出來的生命，目光中帶著欣賞又帶著憐憫，她也沒有想到在歷經那麼多磨難之後，風輕語仍然可以頑強地活下來，更沒有想到過去對自己唯命是從的她居然會在某天覺醒，表現出如此強大的叛逆，甚至她開始籌畫殺死自己，這讓風九青對複製本身又產生了新的認識。

羅獵道：「家樂呢？」

風輕語輕輕拍了拍身下的棺材：「裡面了。」

羅獵內心一沉，因為他感覺不到家樂的意識波動，難道家樂已遭遇不測？

風輕語道：「今晚你們誰也走不掉！」

風九青微笑道：「羅獵，現在明白了吧，你也是他們要對付的人之一，如果殺不了我，就殺掉我的希望，所以你已經沒有選擇了。」風九青認為，羅獵不得不和自己站在同一立場。

風輕語道：「姐姐，我做任何事都瞞不過你，從我小時候，你就教我吞噬他人的能量，可不是為我好，只是把我當成一個實驗品，只有那些能量被我吸取之後沒事，你才會再從我的身體內奪走，這個世界上其實沒有人比你對我更殘忍。」

風九青道：「連你的性命都是我給的，你又有什麼資格抱怨？」

風輕語道：「我要讓你嘗到雙倍於我的痛苦，我要讓你知道我有沒有資格？」從堂屋內走出了兩人，分別是方克文和安藤井下，他們都沒有掩飾本來的面目，兩人臉上都是佈滿鱗甲，只有一雙眼睛暴露在外，方克文的雙目猩紅如火，安藤井下的雙目綠光閃爍。安藤井下的身軀更為高大一些，他的雙手大得也有些誇張，比起正常人的兩倍還要多，十爪尖尖，鋒利如刀。

方克文雖然身材不高，四肢變異也沒有像安藤井下那麼誇張，可是他呼吸和步幅的節奏都控制得很好，讓人很容易忽略他的存在，正是因為如此，才顯出方克文的實力，大巧若拙，返璞歸真才是高手應有的境界。

風九青不屑地看了看他們三個：「風輕語，原來你就是聯合他們兩個來對付我？」

風輕語道：「難道還不夠嗎？」她笑盈盈向羅獵道：「羅獵，你現在選邊站還來得及。」

羅獵道：「你先把那孩子放了。」

安藤井下已經啟動，他宛如猛虎下山一般撲向風九青，右手五支利爪破空向風九青的面門抓去，爪尖撕裂空氣發出陣陣刺耳的尖嘯，由此可見他出手的速度快到了何等地步。

風九青道：「當初我就不該放過你們兩個。」她一拳擊出，和安藤井下的手掌相比，風九青的手實在是太小了，不僅是她的手，甚至她整個人在安藤井下如山般的體魄對比下都顯得蒼白且羸弱。

然而風九青的目光充滿了自信，她輕描淡寫地出拳，出拳的同時說話仍然娓娓道來氣息不亂。安藤井下看到她用拳頭來迎擊自己，也握起右爪，以數倍於風九青的拳頭和她相撞。

單從表面上看去，兩人之間的碰撞就是以卵擊石，然而當兩人的拳頭撞擊在一起的時候，竟然發出驚天動地的氣爆之聲，兩人的拳力撞擊在一起，激烈地衝撞將周圍的空氣擠壓鼓蕩了出去，身處在周圍的羅獵三人都感覺到罡風鋪面。

以風九青和安藤井下為中心，周圍的積雪也被拳勁引發的氣浪掀起，他們的腳下片雪不存，激發的雪浪向周圍席捲而去。方克文在此時出手，他的目標不是風九青，竟然是羅獵。

羅獵剛才一直都是一個旁觀者，可是並不代表著他放鬆了警惕，即便是對方克文這位老友，他也從未放棄過提防，異能已經讓這些人的性格發生了改變，他們介乎正邪之間，他們的世界觀和人生觀早已扭曲。

方克文出手的速度比起安藤井下更快，身法猶如鬼魅轉瞬之間已經來到羅獵的面前，利爪向羅獵的心口抓去，他一出手就沒有留下絲毫的情面，這一擊誓要將羅獵的心臟生生掏出。

羅獵第一時間向後退去，此時風九青卻隔空劈出一掌，無形的掌刀直奔方克文的身體斬去，方克文不閃不避，憑著自己強橫的身體硬生生受了這一擊，掌刀砍在方克文身上，並沒能劈開他周身堅韌的鱗甲，可是方克文外穿的棉衣首先承受不住，被掌刀擊碎，棉絮宛如千萬隻白色的蝴蝶與翻飛的積雪混雜在一起。

方克文雖然沒有被風九青這記凌厲的掌刀劈斬成兩段，可是他的身體也被打得如同斷了線的紙鳶一般飛了出去，撞中一具棺槨，那棺槨彷彿被炮彈擊中一般散了架。

安藤井下在和風九青硬碰硬的對撞中也沒有占到絲毫的便宜，踉踉蹌蹌退了數步，幸虧方克文剛才的圍魏救趙讓他緩了口氣，其實這是他們一開始就定下的戰略，他們認為羅獵和風九青之間，羅獵是較為薄弱的一環，風九青將羅獵看得極其重要，所以絕不會眼睜睜看著羅獵被殺，所以在團體作戰中，羅獵就成了風九青的軟肋。

事實也證明他們戰術採用得當，風九青對羅獵的真正實力缺乏認知，所以她不容羅獵有所閃失，第一時間出手化解羅獵的危機。

安藤井下在後撤之時，右拳顫抖不已，剛才的硬碰硬對撞，讓他骨痛欲裂，此前從未有過這種現象，可見風九青如今的實力已經遠勝於他，風九青被方克文干擾之後，失去了對安藤井下乘勝追擊的時機，一記掌刀劈飛方克文，然後重新將目標鎖定在安藤井下的身上。

安藤井下站穩身形，左手伸出，左手的五根指甲如同勁弩激射而出，咻！咻！咻……烏青色的指甲直奔風九青的面門，風九青手掌伸出在虛空中旋轉，疾速射向她的五隻指甲突然緩慢了下來，伴隨著風九青的這一動作，五隻指甲在空中被一股螺旋之力擰碎化為飛灰。

安藤井下右手的指甲也射了出去，與此同時，他的指甲瘋狂生長，短時間內就已經成長為剛才的長度。

第九章

急劇衰老

方克文和安藤井下身上的鱗甲正在迅速的褪去，
已經可以看到正常的輪廓，
安藤井下變成了花白頭髮的漢子，方克文也是一樣，
他們眼中的對方每分每秒都在衰老下去。

羅獵已經不再選擇旁觀，在風九青劈飛方克文，擋住安藤井下之後，他向風輕語衝去，人還未到，抬手已經射出兩記飛刀，飛刀分從左右繞出兩道弧線。

面對羅獵的攻擊，風輕語也不敢托大，她的身體從棺木之上瞬間消失，很快就出現在風九青的身後，身法變幻之快已經難以形容。然而風九青的速度更快，在擊碎安藤井下利用指甲的接連射擊之後，整個人追風逐電般向前衝去。

安藤井下再度向她抓來，卻被風九青一把抓住，安藤井下身軀一震，只感覺掌心如同被開了一個大口子，體內能量向外洶湧奔騰而出。風輕語的攻擊也已經來到風九青的身後，她一拳擊出卻被一道無形的屏障阻擋，風輕語準備發動第二次攻擊之時，羅獵所發的那兩柄飛刀在虛空中兜了一個圈，重新朝她射來。

風輕語怒道：「你果然和她狼狽為奸。」

羅獵已經來到風輕語剛才所坐的棺木之前，抓住棺蓋掀開，卻見家樂一動不動躺在棺材裡面，一張面孔慘白無光，竟然已經是聲息全無，羅獵內心一顫，他剛才根本沒有感受到家樂的意識波動，原來這孩子竟然早已被殺，雖然家樂只是一個改造人，可畢竟也是一條生命，莫名的悲傷湧上羅獵的心頭。

他伸手將家樂從棺材中抱起，家樂的身體僵硬冰冷，顯然死去多時了。

方克文再度逼近羅獵，羅獵的雙目被怒火染紅，他盯住方克文怒吼道：「這就是你想要的？他只是一個孩子！」

方克文冷酷的目光似乎有所波動，他突然放棄了對羅獵的進攻，轉身向風九青衝去，方克文加入戰團的同時，風輕語卻抽身出來。方克文抓向風九青的後心，風輕語無法攻破的無形屏障竟然被他輕易撕開，不過他馬上意識到這是一個圈套，風九青反手將他的手爪握住，隨即方克文的體內能量和安藤井下一樣向外奔逸而出。

風九青一手抓住一個，目光冷冷鎖定在風輕語的身上：「以為你們幾個廢物就能夠對付我？」

方克文掙扎道：「放開我！」

風九青呵呵笑道：「過去我對你們尚且存在一念仁慈，現在我不會再留任何的情面……」她的笑聲卻突然中斷，因為她感覺到自己的內心開始煩躁，這是從未有過的感覺，風九青慌忙收斂心神，可是煩躁的感覺非但沒有減輕，反而越來越重，她的心跳也隨之加速，她意識到應當是經脈產生了狀況方才導致這種現象的發生，最直接的原因應當是她剛剛吞噬的兩股異能。

在風九青成為吞噬者的經歷之中，只有在吞噬羅獵體內能量的時候，她方才不得不選擇中斷急於擺脫，不過那一次是因為她無意中激發了羅獵體內的潛能，導致慧心石的力量復甦，而這一次和上次完全不同，風九青之所以要創造風輕語，就是要用她來試驗異能對自己的身體有無損害，當然那僅限於在她剛剛成為吞噬者的時候，她擔心被異能反噬，所以才選擇那樣做，而現在以她的能力已經不再擔心這種事情。

風輕語笑道：「是不是感到驚喜？這個世界上凡事都是相對的，你瞭解我，我同樣瞭解你，你利用我來做種種的試驗，讓我遭受無數的折磨，奪走一切對你有利的異能，在我體內留下的全都是糟粕，你千算萬算，卻沒有計算到我仍然能夠活到今天，我知道你的弱點，我知道你懼怕什麼。」

風九青想要擺脫方克文和安藤井下，可是兩人卻如同跗骨之蛆，她現在已經是欲罷不能了。

風輕語道：「他們的異能都經過改造，安藤先生是追風者計畫的專案負責人，我們三個臭皮匠若是抱定必死之心，你這個諸葛亮也只有殉葬的份。」

風九青望向羅獵，她終究還是托大了，小看了自己一手創造的風輕語，現在說什麼都晚了，她所能依仗的只有羅獵。

羅獵輕輕將家樂放下，這可憐的孩子還未來得及成年就已夭折，身後以命相搏的幾人誰也沒有將這孩子當成一個真正的生命，在他們每個人的眼中，這孩子只不過是一個可以利用的工具。

風輕語道：「你的目的是成為吞噬者，尋找什麼九鼎，而我活著的目的就只有一個，那就是幹掉你！」她慢慢走向風九青。

風九青咬了咬嘴唇，臉上第一次呈現出絕望的表情，此時她卻出人意料地唱起了一首歌謠：「月兒彎，星星閃，閃一閃，像眨眼……」

沉浸在悲傷中的羅獵內心劇震，他轉過身去，臉上寫滿不可思議的表情，因為風九青所唱的正是母親當年哄他入睡時的兒歌，羅獵早已認定風九青吞噬了母親的異能，現在他已經能夠確定，母親的意識仍然藏在風九青的腦域之中，如同當初的顏天心之於龍玉。

羅獵道：「你有沒有想過，你就她，她就是你，殺死她等於殺死你自己？」

風輕語的腳步停頓了一下，她知道羅獵的這番話顯然是衝著自己說的，風輕語沒有回頭，望著風九青道：「你現在該明白當年我幾乎每天都被死亡的恐懼籠罩，我那時候有多麼的無助？」

風九青道：「連你的命都是我給的，如果不是我，你根本沒有機會來到這個世界上。」

風輕語道：「是人都會犯錯，你也不會例外，風九青，創造我的時候有沒有想過，有一天會死在我的手上？」

方克文和安藤井下此時都已經發生了變化，他們身上的鱗甲正在迅速的褪去，已經可以看到正常的輪廓，方克文看到安藤井下變成了一個花白頭髮的漢子，他相信自己也是一樣，他們眼中的對方每分每秒都在衰老下去，這種衰老速度極快。

風九青道：「死得其所，你們兩個這一生都擺脫不了被人利用的命運。」她身軀一顫，方克文和安藤井下同時脫離了她，恢復正常形態的他們甚至連站立的力量都已經失去，軟綿綿坐倒在了地上。

風九青冷冷望著風輕語道：「你以為瞭解我？你以為利用這樣的伎倆就能夠對付我？呵呵……我只不過是做做樣子，送上門的獵物我又怎能不要？」

風輕語的臉上露出惶恐之色，她向後退了一步。

風九青冷笑道：「現在想逃是不是已經晚了？」

作勢要逃的風輕語卻突然一拳擊中了風九青的小腹，風九青被打得倒飛了出去，重重摔倒在雪地之上，頭髮蓬亂，噗地噴出了一口鮮血。

風輕語早已看出風九青是強弩之末，她剛才只不過是想虛張聲勢嚇走自己，風輕語的這一拳並未使出全力，卻已讓風九青現出了原形，風輕語道：「我怎麼會逃？不殺了你我寢食難安，好不容易才得到這個機會，我又怎麼前功盡棄？」

風九青嘴唇流血，慘然笑道：「不錯，不錯，不枉我栽培你一場。」

風輕語道：「以後這個世界上，不會再有什麼風九青，只有風輕語。」她舉步向前的時候，一道身影擋在了風九青的前方，風輕語知道在場有能力這麼做的只剩下羅獵。

羅獵極其平靜地望著風輕語道：「走吧，我不會讓你殺她。」

風輕語道：「為什麼要阻止我？」

羅獵道：「因為她至少還是一個意識健全的人。」

風輕語被羅獵的這句話觸怒了，她尖叫道：「別以為你可以阻止我！」手中綠影閃現，一柄碧綠透明的彎刀變魔術一樣出現在她的手上，彎刀劃出一道急電直奔羅獵的咽喉而去。

羅獵似乎已預料到了她的這次攻擊，身體向後倒仰，他的躲避動作幾乎在風輕語出手的同時，彎刀落空，風輕語手腕一轉，向羅獵的腹部切去，羅獵在身體反折的狀況下，雙足向後滑動，移動出兩米的距離，再次躲過了風輕語的一擊。

風輕語的雙目中充滿了不可思議的神情，羅獵竟然有未卜先知之能，他竟然知道自己每一次的攻擊招式。

羅獵道：「你是她創造出來的，所以你的腦域遠不如正常人類那麼發達。」

風輕語尖叫道：「你閉嘴！」她感到一股凜冽的殺氣從後方逼迫而來，卻是兩柄飛刀無聲無息繞行到了她的枕後，縱向排列瞄準了她的頸部，飛刀在距離她半米左右的地方停滯不發，如同靜止一般漂浮在虛空之中。

風輕語不敢回頭，她的身體變得僵硬，感覺一股冷氣從她的尾椎一直躥升到頸部，整個人都被殺氣凍結。

風九青望著眼前的一幕，無法掩飾內心的震駭，羅獵的能力在這幾年中突飛猛進，他已經可以用意念來驅動飛刀，風九青捫心自問，如果自己和風輕語易地而處，也未必能夠輕鬆擊敗羅獵。

風輕語哈哈大笑：「羅獵，你錯了，你錯了！」說完這句話，她不顧一切地向羅獵衝了上去，羅獵閉上了雙目，兩柄飛刀劃出兩道冷電，從風輕語的頸後刺入她雪白的頸部。

血霧從風輕語的頸側噴射出來，她丟下彎刀捂住脖子，試圖止住噴射的鮮血，然而血霧還是從她的指縫中噴射出來。

風九青目睹風輕語被殺，心中不由得湧現出難以形容的感覺，她清晰地認識到其中包含著憂傷。

羅獵緩緩睜開雙目，看到風輕語躺倒在自己面前，她的嘴唇一張一合，已經發不出任何聲音，不過羅獵仍然從她的口型判斷出，她應該是說你會後悔的。

風九青慢慢來到了風輕語的面前，伸出手去蒙住了她的雙目，然後從地上撿起那把彎刀，猛地插入了風輕語的心口，是她創造了風輕語，現在又要親手奪走她的生命。

羅獵道：「家樂還有救嗎？」

風九青搖搖頭：「死對他，對他們來說都是最好的歸宿。」停頓了一下，又意味深長道：「其實我們也一樣，像我們這樣的人本就不該存在於這個時代。」

外面傳來整齊的步伐聲，風九青和羅獵對望了一眼，他們的感知能力原本就超出常人，從步伐的節奏就能夠判斷出，來的應當是訓練有素的軍警，而且人數不少，羅獵看了看雪地上的屍體，別人的屍體尚且罷了，可是家樂死在這裡，如果被軍警發現，他們兩人根本無法解釋得清。

風九青向羅獵道：「你走吧！或許還逃得掉……」

羅獵搖了搖頭道：「來不及了。」他走過去將風九青背起，風九青不知他想做什麼，可是知道羅獵並沒有丟下自己一個人逃走的意思。羅獵帶著風九青進入廚房，他記得在廚房的灶台下有一口隱藏的井，入口就在風箱的下面。當初被瞎子無意中發現，他和麻雀曾經下去探查過，井壁上有地洞，羅行木利用地洞藏寶，而地洞內還有密室，密室還有地道和南關教堂相通，過去的這個發現一直沒有起到太大的作用，想不到今日終於派上了用場。

羅獵和風九青剛剛進入地洞，就聽到頭頂傳來陣陣腳步聲，羅獵背著風九青利用風輕語留下的那柄彎刀刺入井壁的縫隙，小心下行，行到一半的時候，聽到頭頂，有人喝道：「給我搜，搜遍這裡每一個角落，」

風九青感到不安，她的心跳因此而加速，直到羅獵帶她進入井壁上的地洞，上面的人應該沒有發覺灶台下的秘密。

羅獵道：「你怕啊？」

風九青道：「怕，不是怕死，而是怕我沒有機會完成心願。」

羅獵沒有說話，他知道風九青的心願就是找到九鼎。羅獵想起了剛才風九青在生死關頭唱起的那首兒歌，他不知道風九青的腦域之中到底藏有多少母親的意識，心中雖有疑問，可是卻始終沒有開口。

風九青趴在羅獵的背上，她體內幾種不同的異能正在反覆折磨著她，如同翻江倒海般難過。她甚至無法控制身體的顫抖，嘴唇已經咬出了血。她忍痛道：「你放我下來，歇一歇……」

羅獵已經來到了密室，將風九青放下，風九青的面孔沒有一丁點的血色，慘白如紙，望著羅獵道：「你剛才救我……是不是因為那首歌……」

羅獵搖了搖頭：「因為我對你承諾過。」

風九青道：「九年之約，我還以為……你不會遵守……」

羅獵道：「我對九鼎同樣充滿了好奇。」

風九青道：「你害怕，你怕我會利用九鼎毀滅這個世界……」

羅獵點了點頭，他盯住風九青道：「我還有妻子還有女兒，我還有朋友。」

風九青歎了口氣道：「我也曾經有過……」她的唇角浮現出前所未有的慈和笑容：「小彩虹很可愛，我遠遠看過她，她就像喜妹小的時候……」

羅獵的表情極其冷漠：「我希望你永遠不要再靠近我的女兒。」

風九青道：「我是她的外婆。」

羅獵道：「如果她知道自己的外婆眼睜睜看著她的母親死而無動於衷，她會怎麼想？」

風九青搖了搖頭道：「我想救她，可是有人阻止我那麼做。」

羅獵道：「誰？」

風九青沒有回答，只是默默看著羅獵，羅獵從她的目光中卻讀到了某種熟悉的含義，他沒有追問，抿了抿嘴唇道：「歇夠了，咱們必須要繼續走。」羅氏木器廠雖然他早已轉讓到了張長弓的名下，可是以徐北山的能力用不了太久就能夠查到這裡的主人曾經是自己，徐北山或許會因此而對自己發難。

風九青點了點頭，羅獵來到她身前再度將她背起，來到通往教堂的那道門前，羅獵卻發現這道門被人動過，心中有些奇怪，雖然麻雀也知道這裡的秘密，可是她應該不會無聊到來這裡故地重遊。

羅獵抬腳將那道隱藏的暗門踹開，風九青道：「這下面居然別有洞天。」

羅獵道：「羅行木為自己留下的一條出路，不過那頭被封死了。」

風九青道：「那豈不是說咱們仍然逃不出去？」

羅獵心中暗忖，現在自己和昔日的實力已經不可同日而語，以他現在的能力或許能夠移開堵住出口的條石。

經過那些十字架的時候，風九青道：「奉天教難就是發生在這裡吧？」

羅獵點了點頭，他將風九青放下，活動了一下雙臂，向那被條石封住的通道走去，羅獵嘗試了一下，昔日無能為力的那塊條石被他緩緩抬了起來，羅獵將條石掀到一邊。

風九青坐在那裡望著，雖然羅獵實力不俗，可是想要將堵住通道的石塊全部移走也需花費相當大的功夫，自己剛好可以趁著這段時間好好休息一下，或許她能夠壓制住剛才吞噬的異能，恢復正常。

風九青向身後看了看，她的背後是一具豎立擺放的黑色石棺，上方用白漆刷著三個大字——麻博軒，風九青對這個名字並不陌生，麻博軒不就是麻雀的父親，那個和羅行木方克文一起組隊前往九幽秘境的教授？難道他就葬在這裡？風九青搖了搖頭，驅散心中的雜念，準備全心投入自我修復之中。

只是剛剛嘗試，體內的異能就如同翻江倒海般湧起，風九青痛苦地皺了皺眉頭，而此時一個詭異的影子突然來到了她的身後，那人揚起手來，右掌的掌心落在風九青的頭頂。

羅獵掀開一塊巨石，還未來得及將之推開，就感到後方有些狀況，轉身望去，卻見白髮蒼蒼的宋昌金出現在風九青的身後，他的手掌緊貼風九青的頭頂。羅獵驚呼道：「你做什麼？」內心被不祥的感覺所籠罩，宋昌金比他預想中隱藏得更深，自己進入這裡之後竟然沒有覺察到宋昌金的意識波動。

宋昌金冷冷道：「小子，待著別動，不然我現在就殺了她。」

風九青感覺頭頂如同被開了天窗一樣，體內異能向外奔逸而出，在這樣的狀況下，她仍然保持著超人一等的鎮定：「宋昌金，原來你也是吞噬者。」

宋昌金冷笑道：「有什麼了不起，你們藤野家族的黑日禁典還不是偷走的，以為只有你們知道嗎？」

風九青道：「你早就發現我將黑日禁典藏在家樂腦域中，你懂得讀心術。」

宋昌金道：「羅家人又有哪個不懂？」他望著羅獵道：「小子，如果你爺爺沒有懷疑你的身世，為何不將三泉圖交給你？他在死前已經懷疑了……就是這個女人殺了你的爺爺，是她殺了你爺爺。」

風九青道：「你想為你死去的爹報仇？不會吧，以你宋昌金自私自利的性情，你只會為了自己，又怎會為了別人？」她對宋昌金頗為瞭解。

眼前的宋昌金讓羅獵想起了一個人，那就是羅行木，到底是同胞兄弟，宋昌金和羅行木的行事做法如出一轍，只是前者比後者更加狡詐，隱藏得更深。

宋昌金道：「為自己又有什麼錯？一個人連自己都管不好，又怎能兼顧其他的事，一個人連命都保不住，又有什麼精力去做其他事。」他突然怒喝道：「小子，你敢動一下，我這就要了她的性命。」他感到一股敏銳的殺氣朝自己而來，羅獵催動飛刀想要趁著自己不備斬殺自己。

羅獵投鼠忌器，看到偷襲不成，只剩下控制宋昌金腦域這個辦法，然而以宋昌金的老奸巨猾，想要控制他又哪有那麼容易，宋昌金深知羅獵的厲害，甚至連目光都不肯和他相交。他處心積慮方才尋找到這個機會，豈肯輕易將良機斷送。

風九青道：「宋昌金，原來你的要求那麼簡單，只想活下去？」

宋昌金道：「這個世道人想活下去也不是那麼的容易。」

風九青咯咯笑了起來，宋昌金心中一怔，剛才風九青還是一副虛弱無力的樣子，怎麼突然間就變得中氣十足？羅獵也察覺到這一變化，他很快就發現宋昌金的臉色變了，變得惶恐不安。

風九青道：「你當真以為我會那麼容易被你算計？」

宋昌金的經脈感到一陣撕裂般的痛苦，他此時方才意識到吞噬風九青的能量並不是什麼好事。其實在飛鷹堡的時候風九青同樣遭遇了這樣的危機，風九青試圖吞噬羅獵的異能，卻因為吞噬而喚醒了羅獵體內沉睡已久的慧心石，激發了羅獵的潛能，羅獵擁有的能量遠遠超過了風九青的想像，她根本無法吸收這龐大的能量，如果勉強下去只會經脈寸斷。

宋昌金吞噬者的身分讓風九青感到震驚，不過在宋昌金試圖吞噬她力量的時候，風九青又感到驚喜，任何事都存在利弊的兩面性，風九青之所以目前陷入困境是因為她吞噬了方克文和安藤井下的異能，這兩種異能恰恰和她體內的異能相衝突，風九青想要恢復正常狀態，一是要儘快克制住這兩種異能為自己所用，還有一個辦法就是設法將異能從體內儘快清除出去。

以風九青的能耐她早晚都能恢復正常，只不過是時間問題，可現在恰恰在生死關頭，她又偏偏處於困境之中，稍有不慎全盤皆輸，宋昌金的出現卻恰恰給她提供了第二種機會。

當宋昌金意識到這一點的時候已經晚了，風九青緩緩伸出雪白的右手，輕輕扼住了宋昌金的脖子，宋昌金滿面惶恐，可是現在他已經無法逃脫了。

風九青道：「你太貪婪，如果你只想殺死我，我現在已經死了。」

「救我……」宋昌金艱難道，這句話顯然是對著羅獵所說。

風九青卻不會給他任何的機會，右手一動，只聽到喀嚓一聲脆響，宋昌金的頸椎被她捏碎，甚至連聲息都未發出，就已經死去。

那柄懸浮於宋昌金腦後的飛刀在空中劃了道弧線飛回羅獵手中，羅獵的目光垂落下去，雖然宋昌金做了不少壞事，可是看到他死在自己面前，仍有些不忍。

風九青之所以俐落地幹掉宋昌金，一是因為她冷酷的性格使然，還有一個原因就是擔心羅獵會有變數，當宋昌金的死亡已成為事實，她也就沒有了後顧之憂。

羅獵道：「看來你已經沒什麼事情了。」

風九青淡淡笑道：「還不是多虧了你。」她走過去，雙手揚起，堵住通道的巨石一個個移動起來，很快在他們的面前就出現了通道，羅獵剛才費了好大的力氣都沒有完成的事情，在風九青這裡就變得舉重若輕，輕描淡寫。

羅獵道：「這條通道應該通往南關教堂，咱們走吧。」

風九青道：「都走了，只怕你仍然說不清。」她伸手拍了拍羅獵的肩膀道：「別忘了你答應我的事情。」然後向來時的通路走去。

羅獵皺了皺眉頭，轉身再看風九青的身影已經消失在他的視野中。

風九青當然不是要捨己救人，她如今已恢復了正常，以她的能力衝出重圍根本不在話下，之所以選擇沿原路殺出，其出發點卻是要還羅獵一個人情。

因為風九青的行為，羅獵並沒有成為家樂之死的嫌疑人，羅氏木器廠事件之後，羅獵決定馬上離開了奉天。

這次的滿洲之行，羅獵原本抱著給自己和家人放假的想法，可真正當他來到滿洲之後，麻煩卻接踵而至，他發現一些故人突然就離開了這個世界。風輕語、方克文、安藤井下幾人的死更像是飛蛾撲火，他們應當是意識到自己已經沒有幾日可活，所以才聯手對付風九青，試圖扳回一局，然而最終還是以失敗告終。

宋昌金的這輩子都用在了投機之上，他也差一點就把握住了機會，可在最後仍然功虧一簣。羅獵記得風九青說過一句話，**其實他們這些人本不該屬於這個時代，他們的彷徨和掙扎，都將隨著生命的逝去而在這個世界上徹底抹去。**

葉青虹寫完了兩封信，看到羅獵一直在她的身邊守著，溫婉笑道：「你不去陪女兒，守著我做什麼？」

羅獵笑道：「她睡了。」

葉青虹將兩封信封了口：「純一在歐洲上學，小桃紅母女人在香江，他們的生活我已經讓人安排好了，不會有任何的問題。」

羅獵點了點頭，表情顯得頗為凝重。安藤井下和方克文這一生最大的牽掛也就是他們的家人了。

葉青虹柔聲道：「其實在他們家人看來，他們早就已經死了，奉天的事他們永遠不知道才好，我想方克文和安藤井下泉下有知，也希望這樣。」

羅獵道：「我們只能做一些力所能及的事情，照看他們的家人，幫助他們的子女長大……」

葉青虹牽住他的手，她看出羅獵心中充滿著莫大遺憾，羅獵一直都想挽救安藤井下他們，可是有些事並不是他能挽回的，葉青虹本想詢問關於風九青的事，可是話到唇邊卻又改變了主意，有些事既然已經註定，又何苦給他增加困擾。

葉青虹道：「對了，張大哥和嫂子說，等你回來，咱們就去蒼白山過年。」

羅獵道：「好啊！準備一下這兩天就走。」

葉青虹笑道：「小彩虹不知有多麼期待呢。」

羅獵一早去了南滿圖書館，福伯還是像往常一樣清掃著路面的積雪，看到羅獵回來點了點頭，算是跟他打了招呼。

羅獵道：「師父，天這麼冷您還起那麼早啊？」他伸手去拿福伯手中的笤帚，福伯也沒跟他客氣，將笤帚給了他，向羅獵道：「掃完趕緊進來，我給你燒水泡茶去。」

羅獵足足掃了二十分鐘方才將路面的積雪掃乾淨，來到福伯的辦公室，福伯往水盆裡倒些熱水道：「洗把手，別凍著了。」

羅獵笑道：「我皮糙肉厚，凍不著。」嘴裡那麼說，還是將一雙手燙了燙。

福伯道：「我們盜門中人最看重的就是這雙手，手要是廢了，謀生吃飯的工具就沒了。」他將毛巾遞給羅獵，羅獵擦乾了雙手，來到茶座旁坐下。

福伯道：「奉天出了不少的事情啊。」

羅獵道：「幾件事都趕到一起，我也怕麻煩，這不，趕緊離開是非之地。」

福伯道：「聽說鄭萬仁找索命門的人對付你。」

羅獵並未將這件事宣揚出去，可福伯仍然知道了，他笑了笑道：「都過去了，師父不用擔心。」

福伯點了點頭道：「你小子真是厲害。」

羅獵道：「師父，我今兒來是向您告辭的。」

「哦？」

羅獵將自己準備去蒼白山過年的事情說了，福伯聽完將臉色一沉道：「怎麼？你們就打算把我一個孤老頭撂在這裡不成？」

羅獵道：「不是，真不是這個意思，您老要是能放下這邊的事情，不如跟我們一起去蒼白山過年，不知您樂不樂意？」

福伯大聲道：「當然樂意，我都答應小彩虹了，今年還要給她壓歲錢呢。」

羅獵笑道：「那當然最好不過。」

福伯眉開眼笑道：「家有一老，勝似一寶，我老人家別的不敢說，這手廚藝你們可比不上，今年的年夜飯我來負責。」

黃浦這段時間始終冬雨綿綿，陳昊東的心情就像這黃浦的天氣，始終沒有放晴的機會，他本以為羅獵的離開可以讓自己得到喘息之機，可是福伯收羅獵為徒的消息讓陳昊東亂了方寸，這讓他看清了兩個事實，一是福伯這位本門德高望重的長老是絕不會支持自己上位，二是羅獵始終沒有放棄對自己的報復。

陳昊東並不認為羅獵拜師純屬偶然，在他看來羅獵應當是蓄謀已久。雖然鄭萬仁向他打了包票，可陳昊東仍然心神不定，在他聽說索命門駱長興和其手下的四大高手全都死在奉天的消息之後，陳昊東變得越發不安起來。

陳昊東今天約了一個重要的人見面，在過去很難想像他會和穆天落坐在一起，畢竟是一山不容二虎。可最近發生的一些事，讓陳昊東意識到有必要和這位法租界的華董，目前黃浦最有權勢的華人談談。

每個人都會有年少輕狂的階段，每個人在一定的階段也會對周圍產生敬畏感，和羅獵的這場矛盾讓陳昊東變得成熟了許多。

白雲飛走入這間茶樓，看到了早已等在那裡的陳昊東，白雲飛將禮帽摘掉，又將文明棍遞給常福，低聲道：「下面等著我。」他撩起長衫緩步走上樓梯，白雲飛的步幅不緊不慢，他的表情充滿了鎮定，他能有今時今日的地位絕非偶然，黃浦每天都會死人，江湖幫派更是新人輩出，長江後浪推前浪，一代新人換舊人，這一行的更新換代遠超任何行當。

白雲飛在接手穆三壽的產業時還認為自己是個年輕人，不知不覺已經過去了那麼多年，他的心態居然老了。人的衰老果然不是從外表開始，白雲飛環視這間茶樓，這是穆三壽生前最常來的一家，也是他喜歡坐在窗前看浦江風景的地方。陳昊東選擇在這裡和自己見面，就證明很有誠意，應當對自己做了一番調查。

陳昊東在二樓的樓梯口處站著，臉上帶著謙和的微笑，一個人只有在經受挫折之後，才會在短時間內褪去傲氣，白雲飛認為陳昊東還是一個不錯的年輕人，可是這不錯兩個字也只能是相對而言，陳昊東比他的多半同齡人都要出色，可還無法做到出類拔萃，白雲飛很自然地拿陳昊東和羅獵相比。

喜歡穿西裝的陳昊東今天居然也換上了長衫，肯定是為了適應茶樓的氛圍，他微笑向白雲飛抱拳道：「穆先生，您真是守時啊。」

白雲飛笑道：「還是比你來得晚，被你搶先一步。」

陳昊東聽出他的言外之意，笑容不變道：「我就算來得再早，也訂不到穆先生平時的位子，那張桌子除非穆先生親來，任何人都訂不到。」

白雲飛看了看自己平時坐的地方，仍然是空無一人，他並沒有過去坐的意思，微笑道：「那你訂了什麼地方？」

陳昊東道：「水韻閣。」

白雲飛點了點頭道：「客隨主便，我也不是個鑽牛角尖的人，凡事都要懂得變通，你說是不是？」

陳昊東跟著笑了起來，白雲飛的態度讓他對今天的會面開始樂觀起來。喝著熱騰騰的祁門紅茶，品嘗著精緻的茶點，透過水韻閣的窗戶一樣能夠看到浦江的風景，白雲飛這才意識到自己一直以為最好的位子其實只是一種習慣，換個角度去看風景倒也不錯。

陳昊東主動為白雲飛續了杯茶道：「我今天請穆先生過來就是聊聊天，沒有別的意思。」

白雲飛微笑重複道：「沒有別的意思？」他省略了兩個字，才怪！

陳昊東道：「現在時局動盪，我心裡不安啊，穆先生是租界的老人，也是我尊敬的前輩，不瞞您說，小弟也有幾個問題想要請教您。」

白雲飛道：「請教二字可不敢當，其實我也比你大不了幾歲，算是多了點見識，可畢竟還是老了，眼光和頭腦都已經跟不上這個時代了，你若是願意，就說出來探討一下吧。」

陳昊東聽出白雲飛對自己剛才用上老人一詞的不滿，其實他並沒有影射白雲飛的意思，咳嗽了一聲道：「穆先生有沒有關注滿洲的事情？」

白雲飛道：「張同武遇刺那麼大的事情，全國上下都傳遍了，這陣子報紙上全都是關於他的事情，我想不關注都難啊。」他已經意識到陳昊東的談話應該和張凌空有關。

陳昊東道：「聽說張凌峰繼承了軍權，現在北滿已經在他的控制下了。」

白雲飛道：「他？他只怕有其名而無其實，如果他只是一個虛名倒還罷了，如果他當真當了北滿軍隊的家，我今兒把話就撂在這裡，用不了多久，他老爹的地盤就會被他給敗得乾乾淨淨。」

陳昊東笑了起來：「我和穆先生的看法是一樣的。」

白雲飛道：「咱們是在黃浦，滿洲離咱們這麼遠，就算火真燒起來也蔓延不到咱們這裡。」

陳昊東道：「穆先生忘了張凌空了嗎？」

白雲飛怎麼會忘？知道陳昊東早晚會把話題繞到他的頭上，他端起茶盞喝了口茶，並不急著說話，他倒要看看陳昊東怎麼說。

陳昊東道：「張凌空將新世界的那塊地轉讓給了任督軍，穆先生不知道？」

發生在白雲飛眼皮子底下的事情，他又怎麼可能不知道？張同武的死，影響最大的就是張凌空，他和張凌峰不睦，過去張凌空是張同武請來為張家經營財產，以便為以後留下一條退路，無論少帥張凌峰如何質疑他，張同武對他始終深信不疑，可現在張同武遇刺，張凌空也失去了最堅強的支持和後盾，張凌峰十有八九不會再用他，而且還極有可能剝奪張凌空對黃浦物業的管理權。

張凌空將新世界轉讓給任天駿，雖然不清楚具體的價格，可白雲飛認為一定是半賣半送，張凌空急需找到一個新的支持，如果找不到新的靠山，他在黃浦苦心經營的一切很快就會化為泡影。

白雲飛道：「聽說了，任督軍好像要在那裡給他的父親修一座陵園。」

陳昊東歎了口氣道：「有權果然是可以任性的。」

白雲飛將手中的茶盞放下，陳昊東又給他倒了杯茶，抬起雙眼望著白雲飛，流露出前所未有的誠懇目光：「其實黃浦這麼大，可以容納好多人。」

白雲飛笑了：「我不管別人，只要自己過得安心就好，我這個人也沒什麼太大的野心，小富即安，只要我手下的那幫兄弟能夠吃飽飯，我就別無他求了。」

陳昊東暗罵白雲飛虛偽，表面上卻還要裝出贊成的樣子點了點頭：「對了，滿洲最近出了不少的事情，據說索命門的駱長興和手下四大得力幹將全都死在了奉天黃土崗。」

白雲飛內心一沉，他拿起茶盞又喝了一口道：「人在江湖飄，哪能不挨刀。

索命門做的是殺人的生意，他們有這樣的下場也不足為奇。」

陳昊東道：「索命門樹倒猢猻散，現在只怕沒有人再去找羅獵復仇了。」

白雲飛道：「你這麼肯定是羅獵做的？」

陳昊東道：「不是他還有誰？他殺了駱紅燕，駱長興率人去找他報仇，結果反被他所殺。」

白雲飛笑了起來：「陳先生真該去做偵探，剖析得絲絲入扣，合情合理。只是作為一個旁觀者，我倒覺得駱長興的死沒什麼好同情的，他們索命門做什麼生意，他比任何人都要清楚，身為門主被仇恨蒙蔽了雙眼，急於組織報仇，其實已經犯了大忌。」

陳昊東道：「穆先生難道不好奇，最初到底是誰雇駱紅燕去殺葉青虹的？」

白雲飛道：「何止好奇，我非常關注，畢竟羅獵夫婦都是我的朋友，外面的傳言很多，有不少人說是你策劃了這件事。」

陳昊東搖了搖頭道：「我沒做過。」

白雲飛道：「可差點把葉青虹殺死的人是你的手下。」

陳昊東道：「知不知道我為什麼知道是羅獵殺死了駱長興？」

白雲飛道：「推測！」

陳昊東道：「其實我始終在關注著羅獵在滿洲的一舉一動，他的行蹤是我派人透露給駱長興的。」

白雲飛道：「你啊，你就不怕羅獵知道回頭找你算帳？」

陳昊東道：「你都不怕，我又有什麼好怕？」

白雲飛臉色一沉，冷冷道：「你什麼意思？」

陳昊東道：「若要人不知除非己莫為，世上沒有絕對的秘密，就像你白先生的身分，就像你白先生想借刀殺人將我趕出黃浦，讓我和羅獵拚個你死我活。」

白雲飛冷笑道：「血口噴人，我來喝茶，你卻噴了我一身的髒水。」他揚起茶杯狠狠摔在了地上，並不是摔杯為號，只是為了發洩心中的憤怒。

陳昊東道：「楊四成是我盜門中人，我就算想殺葉青虹也不會用自己的人去做，這件事擺明了是有人想要嫁禍給我。」

白雲飛道：「不錯，你們盜門中的事情，盜門自己去解決，我對此不感興趣，還有，羅獵夫婦是我的朋友，無論誰做了對不起他們的事情，我第一個不會放過。」他的這番話說得義正言辭擲地有聲。

陳昊東道：「你以為羅獵看不透這個局？就算他當時沒看透，索命門找他報仇之後，他也不難查出。」

白雲飛道：「那你應該感到害怕了，羅獵說過給你兩個選擇。」

陳昊東道：「我不走，大不了就是一死，我反倒為白先生擔心，如果他回來，還不知道誰會先死。」

白雲飛暗自吸了一口冷氣，這段時間他一直都在擔心這件事，本以為事情做得神不知鬼不覺，可事後卻偏偏出了那麼多的紕漏。

陳昊東道：「我們這樣的人並不適合有朋友，白先生……」

白雲飛已經站起身來：「我跟你沒什麼好談的。」

陳昊東道：「無論你願不願談，我都要奉勸您一句，羅獵只要回來，不是你死就是我亡！」

一老一小坐在狗拉的雪橇上，撒歡跑在雪夜之上，羅獵和葉青虹並轡而行，兩人微笑著對望了一眼，藏不住眼睛裡的柔情，羅獵笑道：「人老如頑童，我現在算是真正見識到了。」

葉青虹道：「不知道你老了是不是也這個樣子。」說到這裡她心情又是一黯，隨著九年之約的臨近，羅獵終有一天會離開自己，不知自己還有沒有機會執子之手與子偕老，或許一切都只是一個奢望罷了。

羅獵道：「將來你就會知道。」他的笑容如此溫暖，他的語氣如此篤定，這讓葉青虹意識到自己想多了，像羅獵這樣的人，又有什麼困難能夠難住他？他既然答應了會回到她們母女身邊，就一定會。

海明珠長這麼大還是第一次來到北國，對白雪皚皚的世界感到驚豔，不時發出誇張的讚美聲，張長弓一臉寵溺地望著她，海明珠道：「木頭，你總是看著我做什麼？」

張長弓憨厚笑道：「我媳婦兒好看。」

海明珠俏臉一紅，呸了一聲：「沒羞沒躁！」在後面駕馭馬車的鐵娃卻順著風聽了個清楚，忍不住大笑起來。

海明珠瞪了他一眼：「小子，你笑個屁啊！」

鐵娃道：「師娘，我師父誇你好看呢。」他嗓門本來就夠大，這下將所有人的注意力都吸引了過來。

海明珠羞得恨不能找個地縫鑽進去，抬頭看到了遠處的村莊，慌忙轉移話題道：「是不是到地方了？」

張長弓點了點頭道：「馬家屯到了！」

第十章

愛國者的真正身分

鄭千川最常說的一句話就是位卑不敢忘憂國，
在狼牙寨的這幫部下面前
時常鼓舞他們要留取丹心照汗青，
可誰又知道這位口口聲聲的愛國者真正身分
卻是一個日本特務。

天福客棧的老闆趙天福已經在村口等著了，看到客人到來，他樂呵呵迎了過來，身後的兩條黑狗撒歡兒忽前忽後地跟著他。

張長弓率先來到趙天福面前翻身下馬道：「趙掌櫃，我們來了！」

趙天福樂道：「張大哥，知道你每年都要過來，這不，我提前把年貨都給備好了，明兒我跟我家婆娘就得去白山過年了，這客棧，你只管住著。」

「聽趙掌櫃的意思，敢情是不準備要錢了？」

趙天福舉目望去，這才認出羅獵也曾經來過，不過他已經不記得這位客人的姓名了，呵呵笑道：「都是老主顧啊，成！不要錢，不要錢，你們能來我求之不得呢，今晚我整幾道好菜，大家一起聚聚。」

張長弓已經將二十塊大洋塞給了他，趙天福道：「太多了，哪能要這麼多。」他想推辭，張長弓抓住他的手，重重拍在他的掌心上：「拿著，過年了，給嫂子買新衣服。」

趙天福連連點頭。

知道他們要來，趙天福提前已經將炕燒得滾熱，豬羊都已經備好，這都是張長弓提前讓人捎信過來讓他準備的，過年就得有個過年的氣氛。

晚上趙天福兩口子張羅了一桌子鄉土菜，眾人圍坐在炕桌上喝酒。

小彩虹淘了一天，打著哈欠被葉青虹帶回房間睡覺去了。

張長弓道：「我看屯子裡怎麼人越來越少？大過年那麼冷清，沒點年味。」

趙天福歎了口氣道：「可不是嘛，要說都是狼牙寨那幫土匪……」他婆娘聽到這裡悄悄搗了他一下，趙天福喝了點酒，膽子也變大了，瞪了她一眼道：「老爺們說話呢，邊兒去。」

趙天福的婆娘訕訕笑了笑：「幾位客官千萬別見怪，我家男人就是這個樣子，兩杯酒下肚就胡說八道，管不住嘴。」

福伯笑道：「那就讓他說，你忙去吧。」

趙天福的婆娘也不好繼續留下，被海明珠叫去隔壁房間嘮嗑去了。

趙天福道：「這狼牙寨啊雖然被徐北山給整編了，美其名曰成了什麼正兒八經的軍人，可他們幹的還是殺人放火攔路搶劫的勾當，徐北山倒是給了他們一筆軍餉，可那點錢也不夠這些土匪揮霍的，他們還是繼續搶啊，現在黑虎嶺方圓五十里的村鎮大都已經空了，他們沒有不搶的東西，錢、糧、女人，只要看到的就搶，過去我們馬家屯倒是沒被搶過，可現在近處的村子被他們搶完了燒完了，早晚會搶到我們這裡，所以大家都提前做好了離開的準備，不瞞幾位啊，我已經在白山置了家產，等開春就徹底搬過去，這地方我是再也不來了。」

張長弓道：「過去不是一直生意都湊合？」

趙天福道：「那是做採參人的生意，現在這周邊那麼亂，哪還有人敢過來採參啊，我這客棧平時根本沒什麼客人。對了，有句話我得先提醒你們，在馬家屯過年，也要多點小心，萬一土匪來了，你們得趕緊跑。」

晚飯後，羅獵來到院子裡，看到福伯坐在磨盤旁邊抽著煙，他咳嗽了一聲。

福伯轉身看了看他：「不屋裡暖和著，出來幹什麼？」

羅獵道：「您不也出來了？」

福伯笑道：「抽口煙，透透氣。」

羅獵道：「師父，您覺得狼牙寨那幫人會來嗎？」

福伯道：「一定會來吧。」

羅獵愣了一下，不知福伯因何說得如此肯定。

福伯道：「鄭千川是鄭萬仁的弟弟，盜門都知道我收了你當徒弟，鄭萬仁應該明白我的意思，他知道我想讓你來管理盜門。」

羅獵搖搖頭道：「師父，我可沒這個野心，您該不會真動了這個心思吧？」

福伯道：「我知道你看不上，可放眼這盜門裡偏偏又沒有我能看上的人，一個門派將來是走正路還是走邪路，全都要看帶頭人，我老了，也沒能耐帶著盜門走上正途，你還年輕啊。」

羅獵道：「您老給我惹了一個大麻煩啊。」

福伯道：「麻煩有多大，將來的方便就有多大，你只要解決了這個麻煩，成了盜門的大掌櫃，我看以後那些宵小之輩誰還敢惹你？」他將煙蒂摁滅，向羅獵招了招手，羅獵向他又走近了一些。

福伯壓低聲音道：「不瞞你說，我已經將要扶你上位的消息散播了出去。」

羅獵真是哭笑不得，老人家真是給自己惹了一個天大的麻煩，這下陳昊東不得把自己給恨死。

福伯道：「你不用怕，咱們的一舉一動肯定被人給盯上了，如果我沒猜錯，鄭萬仁肯定會動用鄭千川的力量，集合狼牙寨的勢力前來攻打咱們。」

羅獵道：「我本想來這裡安安生生過個年。」

福伯道：「只有將這幫混蛋全幹掉才能徹底安生，不然這輩子休想安寧。」

羅獵知道他所說的都是事實，低聲道：「我們的人手畢竟有限，如果狼牙寨傾巢出動，恐怕我們很難應付。」

福伯道：「你以為我老人家是吃白飯的？整個滿洲的盜門都得聽我的話，狼牙寨有多少人，我盜門比他們還要多，這個數夠不夠？」他向羅獵伸出了三根手指頭。

羅獵道：「三百人？」

福伯道：「別小看這三百人，全是我北滿盜門的高手，知道你們要來這裡，早在半個月前我就讓他們分批開始進入蒼白山，化整為零是我們盜門的本事。」

羅獵道：「您是說，只要狼牙寨來襲，他們馬上就能過來增援？」

福伯道：「你只管放心吧，前來馬家屯的每條路線我都安排了崗哨，只要他們有所異動，我們第一時間就能夠知道。」

羅獵暗暗佩服，福伯能夠在盜門中身居高位也並非偶然，他果然心機深沉，老謀深算，其實單憑自己和張長弓的戰鬥力，滅掉百倍甚至千倍於他們的敵人都不在話下，但是羅獵更關心家人會不會受到驚擾。

羅獵道：「想要解決這件事，還需一個關鍵之人。」

狀況發生在臘月二十九，狼牙寨方面果然糾集了一支八百人的隊伍在黃皮猴子黃光明和綠頭蒼蠅呂長根的帶領下直奔馬家屯而來。

這群土匪雖然被南滿軍閥徐北山整編，可是對他們而言無非是換了身軍服罷了，正如當地百姓所說，就是穿著軍服的土匪。年前出門打劫，對這幫土匪來說也不是什麼好差事，一個個怨聲載道，他們並不知道此行的目的是為了殺人。

黃皮猴子黃光明臉色陰沉，他在奉天被羅獵斬斷了手筋，好不容易才復原，對羅獵仇恨極深。

呂長根卻是一個閒不住的人，低聲歎了口氣道：「四哥，大當家讓咱們把馬家堡殺光燒光，用得著派那麼多人？」

黃光明的回答言簡意賅：「羅獵！」

「羅獵又怎麼了？」

黃光明道：「我的手筋就是被他給割斷的，大哥也是被他殺的！」這理由已經足夠充分。

呂長根道：「五哥，我本以為咱們被收編之後，就可以吃香的喝辣的，從此再也不用幹打家劫舍的事情，可沒想到……嗨！」他長歎了一口氣。

黃光明沒說話，可心中也是這樣想。

呂長根道：「給咱們那點軍餉連塞牙縫都不夠，如果不是靠著咱們自己，恐怕還要餓肚子。你說，早知如此咱們又何必穿上這身軍服，說什麼整編正規軍，也只有咱們自己才會相信，知不知道別人怎麼稱呼咱們？」

黃光明嗯了一聲。

呂長根道：「匪軍，他們叫咱們匪軍！」

黃光明道：「何必管別人怎麼想？」

呂長根道：「我最近時常想起大哥。」接下來的話他並沒有說，黃光明也明白他的意思，其實狼牙寨現在上上下下許多人對鄭千川都是不滿的，尤其是和蕭天行相比，過去的蕭天行雖然性情暴戾，可對待手下兄弟還算不錯，這個鄭千川卻只想著利用狼牙寨去撈取利益，很少為其他人著想。

黃光明道：「兄弟們，再有十里地就到馬家屯了，全都給我打起精神，拿下馬家屯，咱們就有年貨了，殺了那裡的男人，女人就是我們的了。」他的這番話煽動性很強，身後一名群匪都激動起來，一個個大聲鼓噪，黃光明揚起手中槍，示意眾人收聲，以免聲音傳出去，過早暴露行蹤。

可突然聽到一聲清脆的槍響，程富海的左耳被震得麻木，他下意識地伸手摸了摸耳朵，卻摸到血糊糊一片，這一槍竟然將他的左耳擊落。

黃光明嚇得一骨碌從馬背上滾落到雪地上，聲嘶力竭地嚎叫道：「快，隱蔽！隱蔽……」

不等群匪分散隱蔽，一聲聲爆炸就從他們腳下掀起，他們在不知不覺中已進入了雷區，連番的爆炸讓這支八百人的隊伍亂成一團，這些土匪宛如沒頭蒼蠅一樣亂衝亂撞，硝煙遍佈樹林，讓他們看不清方向，到處都是哭爹喊娘的慘叫聲。

綠頭蒼蠅呂長根僥倖沒有被炸傷，他蜷曲在雪地上不敢妄動，這種時候若是漫無目的的亂跑，被炸傷的機率更大。

等到爆炸平息，呂長根方才小心向外爬去，他為人狡詐，不過頭腦還算清醒，專找屍體和血污的地方爬行，因為這裡是爆炸發生過的，相對安全一些。

呂長根爬行了幾步，就聽到槍聲接連響起，他嚇得趕緊鑽入死人堆裡，這場伏擊還沒結束，大概過了十多分鐘，槍聲方才漸漸平息，呂長根睜開一隻眼睛向外望去，卻見十多名黑衣人端著武器接近爆炸現場，這些人出手果斷，只要發現尚未斷氣的土匪馬上開槍射殺。

呂長根嚇得趕緊閉上了眼睛，希望自己裝死能夠騙過那些人的眼睛。

可呂長根並沒有那麼好運，沒過多久就聽到腳步聲來到他的附近，有人抬腳在他身上踢了一下道：「別裝死，起來吧！」

呂長根沒有說話仍然躺在那裡一動不動，他以為對方故意詐自己，可馬上有人揚起手來狠狠抽了他一記耳光，怒道：「還沒裝夠？再裝老子崩了你！」

呂長根慌忙舉起雙手：「我投降，我投降，別殺我，別殺我……」

呂長根終於看到了馬家屯，不過他並沒有進村，而是被人押到了村口，在村口他見到了這次要剷除的對象羅獵，羅獵看到滿身血污的呂長根，朝他點了點頭道：「六掌櫃別來無恙？」

呂長根歎了口氣道：「羅獵，都落到你手裡了，要殺要剮悉聽尊便吧。」

羅獵道：「我不殺你，畢竟你和喜妹是結拜的兄妹。」

呂長根心中暗忖，就算羅獵不殺自己，自己也不能回狼牙寨了，這次他和程富海帶了八百人出來，連馬家屯的邊兒都沒摸到，就被人圍殲，到底有多少人逃生目前還不知道，他回到狼牙寨鄭千川也不會饒了自己。

呂長根道：「難得你還記得這份舊情。」

羅獵道：「還在為鄭千川效力？你知不知道鄭千川是日本間諜，他隸屬於日本暴龍社。」蘭喜妹曾經告訴羅獵這些事，今日之事引起了羅獵的新仇舊恨，他揭開了這個秘密。

呂長根滿臉愕然，其實當初狼牙寨結拜的這些人中並無鄭千川在內，他們和鄭千川之間的感情也相對疏遠，自從整編之後，更是有太多人對鄭千川不滿，呂長根搖了搖頭道：「你故意離間我們。」

羅獵道：「我妻子親口告訴我的又怎會有錯，呂長根，你們雖然身在草莽，可也不會甘心當賣國賊吧？就算我放過你，鄭千川也不會饒了你。」

呂長根知道他所說的都是實情，心情更是黯然。可他即便知道真相又能怎樣？現在鄭千川才是狼牙寨的頭領，自己可沒本事跟他抗衡。

此時一個男子向這邊走來，他大聲道：「六哥！」

呂長根抬頭望去，萬萬沒想到出現在自己面前的竟是老七遁地青龍岳廣清。

岳廣清之所以能夠來到這裡還是因為羅獵給他的消息，岳廣清原本是張同武的部下，潛入凌天堡的目的就是為了說服蕭天行加入張同武部，可是蕭天行的遇刺讓這件事變得毫無眉目，岳廣清後來又暴露了身分，所以被鄭千川下了格殺令，當時他帶著妻子逃出凌天堡，如果不是遇到羅獵相救，恐怕早就已經死了。

羅獵道：「你們兄弟好好談談吧。」

除夕之夜，馬家屯的天福客棧張燈結綵格外喜慶，客棧裡的婦孺並沒有受到外界的任何困擾，福伯很好地將戰火隔離在村莊之外。

吃完了年夜飯，羅獵陪著葉青虹回到房間內，等女兒睡過之後，葉青虹道：「有什麼話說吧，看你就心不在焉的。」

羅獵道：「我準備出去一趟。」

葉青虹望著羅獵，雖然心中有些不捨，可是她也明白羅獵一定是有不得已的理由，輕聲道：「去什麼地方？去幾天？」

羅獵道：「凌天堡，最多七天。」

葉青虹道：「你要除掉這個隱患？」

羅獵道：「鄭千川是日本間諜，此人又是鄭萬仁的弟弟，如果不把他除掉，早晚還是一個禍害。」

葉青虹點了點頭道：「張大哥也去嗎？」

羅獵道：「我自己過去，這邊有師父和張大哥在，我才放心。」

葉青虹伸出手輕輕撫摸羅獵的面龐，柔聲道：「你這個人始終是個操心的命，我跟了你註定也要操心一輩子。」

羅獵笑道：「後悔了？現在後悔還來得及。」

葉青虹搖了搖頭道：「來不及了，上了你的賊船，跳下去就是死。」

羅獵道：「對我而言，你是我最溫暖的港灣。」

岳廣清拿起望遠鏡望著凌天堡的方向，羅獵轉過身望著氣喘吁吁跟在後方的呂長根，這次和他們三人同來的還有盜門中精心挑選的十名高手。呂長根上氣不接下氣道：「走不動了，歇歇好嗎？」

岳廣清指了指淩天堡的方向道：「今晚咱們就能抵達。」

呂長根道：「今兒是大年初三，大過年的你們也不嫌折騰。」他抓了把雪塞入口裡，然後又被凍得牙疼，趕緊一口吐了出來。

羅獵道：「我警告你啊，別玩花樣。」

呂長根苦笑道：「花樣？我還能玩什麼花樣，橫豎都是死，我幹掉那個日本間諜好歹還有可能當個民族英雄。」

羅獵笑道：「民族英雄你是沒指望了。」

呂長根道：「我也沒指望。」他用手肘搗了搗來到身邊的岳廣清道：「老七，咱們推翻鄭千川之後是不是要跟著張凌峰幹？」

岳廣清向羅獵看了看，似乎有所猶豫。羅獵道：「就當我不存在。」

岳廣清道：「張凌峰是個不成器的人，他得到軍權之後和大帥此前堅決對抗日本人不同，他的態度顯得有些曖昧，我擔心……」

呂長根道：「你擔心他會像徐北山一樣也投奔了日本人？」

岳廣清點了點頭。

羅獵早已知道未來會發生什麼事情，他低聲道：「滿洲淪陷是早晚的事情，張凌峰和徐北山都不是可以倚重之人，日本人佔領滿洲之後，老百姓更沒有好日子過了。」

呂長根道：「憑什麼？憑什麼讓日本人佔領咱們的國土？他們這些軍閥向日本人低頭，我們可不願意……」他停頓了一下又道：「可是我們畢竟勢單力孤，單憑著我們這些人豈不是螳臂擋車？」

岳廣清道：「咱們過去可以在夾縫中求生，現在咱們同樣可以，只要我們能剷除鄭千川，奪回凌天堡，我們就可以以這裡為根據地和他們對著幹，而且據我所知，飛鷹堡是無論如何不肯向日本人低頭的。」

呂長根道：「說得輕巧，就算咱們奪回了凌天堡，以後呢？還不是要當土匪，不搶劫，咱們難不成去喝西北風啊？」

岳廣清道：「搶，不過咱們要改變策略，不搶老百姓，不搶自己人，要搶就搶日本人，搶賣國賊！搶那些貪官汙吏！」他的這句話擲地有聲，甚至連呂長根都聽得激動了起來。

羅獵發現岳廣清不但是個愛國主義者，還擁有遠大的志向和不俗的領導能力，哪裡有侵略哪裡就會有反抗，岳廣清是最早覺醒的一批人，隨著時間的推移，會有越來越多的人覺醒，加入到這場保家衛國鬥爭中去。

呂長根拍了拍大腿道：「老七，你說到了我心坎裡，就衝你剛才的這句話，我豁出性命跟著你幹！」

岳廣清向羅獵看了一眼道：「應該是跟著羅先生幹！」

羅獵笑道：「我可沒有那麼大的志向，這次事情結束，我就離開滿洲，我這個人懶散慣了。」

呂長根拿起岳廣清的望遠鏡看了看道：「老七，正門上去不太可能，過去凌天堡的工事都是你修的，你一定有辦法偷偷進去對不對？」

岳廣清點了點頭道：「有辦法，不過這次還是要從正門進去。」

呂長根大驚失色道：「那不是等於主動找死？」

岳廣清道：「置死地而後生，我當俘虜，你押我進去。」

呂長根倒吸了一口冷氣，岳廣清的計畫無疑是非常冒險的，雖然理論上有成功的可能，可是他和程富海帶隊，目前並不知有沒有人逃回了凌天堡，如果自己被俘的消息已經先行傳到了這裡，恐怕鄭千川會先下手為強。他向羅獵道：「羅先生也打算這個樣子進去？」如果說他俘虜了兩個對頭，恐怕誰都不會相信。

羅獵道：「等等！」他轉身走入林中，過了好一會兒，呂長根方才看到林中一人走了出來，卻不是羅獵，可是這人他也認識，呂長根驚呼道：「李大掌櫃……您……您怎麼也來了？」原來從樹林中走出的這人正是飛鷹堡的大當家李長青。

李長青笑了起來：「看來我的樣子足可以假亂真。」

呂長根這才從聲音中分辨出是羅獵，岳廣清雖然早就知道羅獵要裝扮成李長青，也沒有想到他的易容術已經到了這種地步，如果說有所不足那就是聲音了，羅獵雖然無法將聲音模仿得維妙維肖，可是他可以偽裝成傷風感冒，而且這些年飛鷹堡和凌天堡打的交道並不多，等鄭千川發現的時候只怕已經晚了。

琉璃狼鄭千川望著滿身血污的黃皮猴子黃光明，不由得怒火中燒，他派程富海和呂長根兩人帶著八百多人前去，可這群人竟然連馬家屯都沒有靠近，就被人伏擊，死傷大半，至少目前來看，黃光明只帶著七個人逃了回來。

從有狼牙寨開始，他們就沒有過如此慘痛的失敗，鄭千川強忍怒火道：「其他人呢？」

黃光明搖了搖頭道：「恐怕是全軍覆沒了……我們幾個也是好不容易才逃出來，他們早就發現了我們的行蹤，在馬家屯外的松林內伏擊，我們誤入雷區，戰鬥還沒打響我們就已經輸了。」

鄭千川咬牙切齒道：「你怎麼還有臉面說這句話？」

黃光明道：「他們人太多，而且武器裝備精良，大當家當初給我們的情報可不是這個樣子。」

鄭千川怒道：「你這話什麼意思？難不成是我故意讓你們進了圈套？吃了敗仗居然還這麼理直氣壯？」

黃光明恨恨點了點頭道：「是，我是吃了敗仗，要殺就殺，要剮就剮，我黃光明死不足惜，只可惜了我帶去的八百多弟兄，他們誰沒有父母家人？大當家，好端端的為什麼要去殺羅獵？」

鄭千川怒吼道：「混帳，難道蕭大當家的仇就不報了？」

黃光明道：「蕭大當家可不是羅獵所殺。」

鄭千川正要發作，此時忽聽到通報：「報！啟稟大當家，六當家回來了。」

眾人聞言都是一喜，鄭千川道：「回來了多少人？」

「十多人，而且這次是和飛鷹堡的李大掌櫃一起來的。」

「李長青？」鄭千川聞言一怔，李長青這幾年深居簡出，就算是飛鷹堡有份參與的事情他都不會出面，沒想到今天居然主動到淩天堡來了，他想了想道：

「到了哪裡？」

「已經進了凌天堡。」

鄭千川本想起身出門迎接，可屁股剛剛離開虎皮交椅，卻又改了主意，他重新坐了回去道：「那就請他們進來吧。」

沒多久，羅獵一行走入了丹心堂，丹心堂就是過去的聚義廳，鄭千川當家做主之後將這裡改了名稱，鄭千川最常說的一句話就是位卑不敢忘憂國，在狼牙寨的這幫部下面前時常鼓舞他們要留取丹心照汗青，可誰又知道這位口口聲聲的愛國者真正的身分卻是一個日本特務。

鄭千川雖然沒有出門迎接李長青，但是看到李長青出現在丹心堂內，卻也不能仍然大剌剌坐在交椅上，他哈哈大笑，起身走向李長青道：「我還當他們撒謊，原來李大掌櫃當真來了，今兒是什麼日子，能把您給吹來？」

羅獵道：「大年初三，我來凌天堡給鄭大掌櫃拜年。」

鄭千川嘿嘿笑道：「那我可受不起。」他發現李長青身後被五花大綁的岳廣清，心中不由得一怔，看來李長青是給自己帶禮物來了。

鄭千川並沒有將話題轉移到岳廣清的身上，而是向呂長根看了一眼道：「老六，你捨得回來啊？」

呂長根早就看到了滿身血污的黃光明，黃光明也在看著他，滿腹狐疑，自己還以為他死了，想不到呂長根居然完好無恙的回來了，呂長根終究還是做賊心虛，他叫了聲五哥，眼淚都下來了。黃光明現在的樣子非常狼狽，滿身血污，耳朵也少了一隻，頭上裹著紗布，呂長根跟他相比要好了許多，雖然臉上也有傷痕，可畢竟身上的零件一樣沒少。

黃光明道：「老六，我還以為你死了。」

呂長根含淚道：「我也以為自己必死無疑，幸虧裝死躲過一劫，等他們離開之後，我才逃走，中途又遇到追殺，幸虧遇到了李大掌櫃，是李大掌櫃救了我……」說到這裡他泣不成聲了。

羅獵暗笑，這呂長根的演技倒也不錯，他向鄭千川道：「鄭大掌櫃，這個人你認不認識啊？」他指了指岳廣清。

鄭千川又怎能不認識岳廣清，整個狼牙寨上上下下，除了剛入門的新人，又有哪個不認識，這位當年狼牙寨的七爺遁地青龍岳廣清。

鄭千川冷哼了一聲道：「岳廣清，是你！」

岳廣清道：「是我！」他昂頭挺胸臉上沒有一絲一毫的畏懼。

鄭千川道：「岳廣清，你勾結張同武，出賣狼牙寨，殘害兄弟，做出背信棄義吃裡扒外的事情，你該當何罪？」

岳廣清道：「欲加之罪何患無辭！」

羅獵道：「好一句欲加之罪何患無辭，我且問你，你去見我不是為了說服我歸附張凌峰嗎？」

鄭千川聽他這樣說心中暗自欣喜，看來李長青和自己是同一立場，估計張同武死後，李長青也看清了形勢，以後的滿洲必然是徐北山的天下，確切地說是日本人的天下，識時務者為俊傑，岳廣清不知死活去李長青那裡想要說服他，沒想到撞到了槍口上，這李長青剛好抓了他來向自己賣好，無論怎樣也算是送給了自己一份人情。

岳廣清道：「李大掌櫃誤會了，我可不是要說服您歸附張凌峰，張凌峰只是一個乳臭未乾的小子，能成什麼氣候，我岳廣清就算再不堪也不甘受他擺佈。」

鄭千川嘲諷道：「真看不出，你居然還有些氣節。」

岳廣清道：「天下間不止你鄭軍師一個愛國者，口口聲聲愛國，可心中怎樣想誰又知道？」

鄭千川怒道：「大膽，你胡說什麼？」

岳廣清道：「怎麼？你怕我說嗎？我當初為什麼要逃離凌天堡，我大哥在的時候我不逃？為什麼你當了大當家我要逃？」

「因為你做賊心虛，你勾結張同武，吃裡扒外！」

岳廣清道：「張同武至少不是賣國賊，至少他沒有投靠日本人，大哥在的時候，最恨的就是日本人，他為何不接受徐北山的整編？因為所有人都知道，徐北山是日本人的一條狗。」

鄭千川怒道：「住口！」

外面忽然傳來了一個低沉的聲音道：「讓他說，就算死也要他死個明白。」卻是疤臉老橙程富海從外面走了進來，程富海是狼牙寨的四當家，可是談到資歷他甚至比蕭天行還要老，自從蕭天行和洪景天死後，程富海也不再參與山寨的事務，不知今日因何會突然現身。

鄭千川隱約覺得有些不妙，連程富海都出動了，雖然岳廣清犯了大忌，可是程富海他們幾個畢竟是結拜兄弟，程富海前來到底是為了給他說情還是要向自己發難？程富海的地位和其他人不同，當年蕭天行活著的時候都要敬他三分，自己多少也要給他幾分面子。

程富海來到岳廣清面前指著他的鼻子道：「老七，你給我說明白，因何要背叛弟兄們，今天你要是說不清楚，我就親手斃了你！」他掏出手槍，抵住岳廣清的額頭。

鄭千川看到他如此舉動，慌忙道：「四哥，別動氣，先將他押下去慢慢審問，李大掌櫃還在呢。」

程富海道：「這裡是淩天堡，就容不得這種逆賊的存在。」

岳廣清道：「四哥這個逆賊罵得好，鄭千川，你敢不敢當著所有兄弟的面說出你的本來身分？」

鄭千川的手落在了腰間，他有種即刻將岳廣清崩了的衝動，可是程富海恰好擋住了他，從他目前的位置是不可能一槍射殺岳廣清的，鄭千川意識到不妙，程富海不是來向岳廣清發難的，他根本是來保護岳廣清的。

鄭千川慌忙向兩側使了個眼色，他的一名親信悄悄向外退去。

程富海忽然調轉槍口瞄準了那人道：「今天不把話說清楚，誰都不能離開，否則老子第一個崩了他！」

鄭千川已經能夠斷定程富海的立場絕不在自己這邊，他冷笑道：「洪大哥，還要怎麼說清楚，我知道他是你的結拜兄弟，可國有國法家有家規，咱們不能因為手足之情而亂了規矩，來人，把岳廣清給我押下去。」

兩旁馬上有人向岳廣清湧去，程富海怒道：「娘的！誰敢過來！」兩旁人被程富海威勢所懾，一個個向鄭千川看了過去。

鄭千川意識到自己必須要儘快控制住局面，否則不堪設想，他冷哼一聲道：「誰敢違抗命令，以軍法處置！」

「誰的軍法？日本人的軍法嗎？鄭千川你為什麼不把自己勾結日本人出賣狼牙寨利益的事情說出來？」岳廣清大聲道。

此時有十多人向中心奔去，他們是鄭千川的親信，這種時候他們選擇遵從老大的命令，鄭千川才是狼牙寨的大當家，所有人齊齊掏出了手槍。

呂長根道：「千萬別開槍，千萬別開槍，自己人，都是自己人。」他來到黃光明的身邊低聲道：「五哥，咱們才是結拜兄弟啊。」

黃光明抿了抿唇，他的手也握住了槍柄，揚聲道：「我看誰敢動我四哥！」

呂長根也掏出槍來，大叫道：「老七犯了錯是他的事情，誰讓你們拿槍對準我四哥的？」

一時間整個丹心堂內陷入了極其緊張的對峙狀態，此時外面傳來嘈雜的腳步聲，卻是鄭千川的警衛隊趕到。

紫氣東來常旭東是程富海他們結拜的老九，可現在卻是鄭千川最信任的人，還被委以重任，常旭東率領數十名荷槍實彈的衛兵進入丹心堂，怒道：「我看誰敢對司令無禮！」

鄭千川自從率領狼牙寨接受了徐北山的整編，就自稱司令，其實他的軍銜充其量也就能靠上師長。鄭千川看到常旭東率警衛隊前來，知道局面應該可以得到控制，他板起面孔道：「幹什麼？你們幾個全都把槍放下，怎麼可以這麼對待二當家。」

岳廣清道：「鄭千川，你假惺惺做什麼好人？你不如向兄弟們解釋一下，你和日本暴龍社是什麼關係？你在十五年前是不是前往日本受訓？」

鄭千川內心一沉，看到程富海已經讓開了位置，他果斷將手槍舉起，瞄準岳廣清就扣動扳機。

槍聲驚醒了眾人，程富海暗叫不妙，眾人都以為岳廣清必死無疑的時候，羅獵及時揮手射出一記飛刀，竟然以飛刀準確擊中了射向岳廣清的子彈。沒有人能夠形容這一刀的速度，這麼多人竟然無人能夠看清飛刀的軌跡。

鄭千川還想開第二槍的時候，感覺手腕劇痛，手槍再也拿捏不住，噹啷一聲掉落在地。

常旭東怒道：「造反！把他們全都抓起來！」

岳廣清扯開衣襟，大吼道：「誰敢開槍？咱們今天就同歸於盡。」眾人這才看清他的身上捆了一圈手榴彈，只要岳廣清拉開引線，這丹心堂就可能會夷為平地，所有人都愣在那裡，誰也不敢輕舉妄動，岳廣清道：「鄭千川，你當初之所以要追殺我，還不是因為我發現了你的秘密，你勾結日本人，出賣兄弟們的利益，辜負了狼牙寨上上下下對你的信任，你何德何能引領我們兄弟？」

鄭千川右手因被飛刀射中而不斷流血，他忍痛將飛刀拔了下來，咬牙切齒道：「岳廣清，你血口噴人！」

岳廣清道：「我有證據。」他拿出一個信封遞給了程富海。

程富海打開信封，裡面是幾張照片，鄭千川自然在照片中，他低頭哈腰地向一人行禮，另外那人正是日本玄洋社的阪本龍一。

岳廣清道：「我還有他寫給日本人賣國求榮的親筆信，大家要不要看？」

鄭千川怒吼道：「一派胡言！」

程富海道：「這照片倒是不假，是不是一派胡言我不知道，可是自從你當上寨主之後，我們就成了徐北山的跟班，徐北山為日本人效力誰人不知？」

鄭千川看出勢頭不妙，程富海和岳廣清幾人必然是早有預謀，串通一氣，而今之計，先離開丹心堂，等他調撥軍隊將這些人盡數剿滅。

呂長根道：「兄弟們，咱們被這個日本漢奸給蒙蔽了，他有什麼資格坐上狼牙寨的頭把交椅。」因為程富海帶頭倒戈相向，他在狼牙寨威信極高，再加上鄭千川上位之後並沒有兌現此前的承諾，這些部下心中怨念極多，再看到現場以程富海為首的幾位當家全都向鄭千川發難，多半人已經開始動搖，甚至連常旭東帶來的警衛隊裡也有不少人放下了武器。

鄭千川點了點頭道：「好！好！好！都反了，都反了！」他坐回虎皮交椅，看似放棄，卻在扶手下偷偷扳動機關，他連人帶椅子突然就向下沉去。連羅獵也沒有想到會突然出現這樣的變故，等他反應過來，鄭千川的身影已經消失在丹心堂內。

常旭東愣在那裡，呂長根趁他不備，衝上去，用槍抵住他的後心，大聲道：「兄弟們快追，千萬別讓鄭千川那個漢奸跑嘍。」

常旭東怒道：「你們這是造反……」話沒說完，疤臉老橙程富海揚手給了他一記重重的耳光，程富海怒道：「還打不醒你，他鄭千川不做虧心事為什麼要跑？難道你看不出，他就快把咱們都賣給日本人了？」

岳廣清來到鄭千川失蹤的地方，他從桌下找到了開啟密道的機關，摁下之後，眼前現出一個四四方方的洞窟，這凌天堡後來的工事修造大都是他負責，所以岳廣清稱得上是最熟悉凌天堡結構的人。

羅獵和岳廣清兩人先後躍下地洞，身後傳來紅景天的聲音道：「老七，小心啊！」

岳廣清用手電筒照亮下方，在他們的前方出現了兩條長長的軌道，鄭千川已經不見，剛才他就是經過這軌道滑到了下方。下面只有一輛用於逃生的小車，也就是說，他們想要追趕只能沿著軌道步行。

羅獵道：「你的設計？」

岳廣清搖搖頭道：「我並未在這裡修過逃生通道，這鄭千川真是狡詐。」

羅獵指了指他身上掛著的手榴彈道：「小心爆炸。」

岳廣清笑道：「放心吧，安全著呢。」

兩人一邊說這話，一邊快步下行，鄭千川已經沿著軌道逃出很遠的距離，如果不加快腳步肯定是趕不上了。他們沿著軌道下行了一里左右的距離，聽到遠處傳來一聲爆炸聲，岳廣清不由道：「壞了！」

來到前方，看到一道橫跨溝壑的橋樑已經被炸毀，琉璃狼鄭千川非常狡猾，他料到身後會有人追趕，所以一不做二不休乾脆將橋樑炸斷，這樣一來就基本不用擔心有人追上自己。

岳廣清知道這橋樑的跨度在十米以上，看來今天是沒可能追上鄭千川了，眼看著就要抓住的敵人在自己的眼皮底下溜走，岳廣清急得直搓手。

羅獵向後退了兩步，然後猛然向前衝去，岳廣清想要阻止已經來不及了，在他看來羅獵根本沒可能越過這道溝壑。

可是看到羅獵矯健的身姿在空中魚躍展開，而後在虛空中接連跨出兩個大步，在最高處宛如大鳥般滑翔而下，竟然跨越了十多米的距離穩穩落在對面。岳廣清看得目瞪口呆，羅獵的能力實在是超出了他的認知，岳廣清向羅獵攤了攤手，他可沒本事跳過去。

羅獵向他揮了揮手道：「你回去吧，放心，我一定把他給抓回來。」

琉璃狼鄭千川拉下手剎，他所乘坐的礦車停了下來，前方軌道已經到了盡頭，再往前他必須要步行了，鄭千川暗歎自己實在是太大意了，剛才竟然沒有控制住局面，早在程富海出現之時自己就應該有所覺醒，這老傢伙隱居多年，又怎會在岳廣清出現的時候剛好現身？只怪自己太糊塗，以為整個狼牙寨都在自己的控制之下，卻沒有看到一片祥和之下的暗潮湧動，現在竟然連呂長根這種人都敢站出來反對自己。

鄭千川並不認為自己已經輸了，畢竟他才是這裡的大當家，自從他接替蕭天行的位置之後，他在狼牙寨也培育了自己的力量，只要他逃出去整頓隊伍，馬上就可以包圍這些造反的叛逆，自己要讓他們知道誰才是凌天堡的老大，要讓他們付出慘痛的代價。

鄭千川快步前行，走了幾步，他再度停了下來，因為他聽到一個聲音招呼道：「鄭大掌櫃走得那麼急？」鄭千川猛然回過身去，舉槍對準身後扣動扳機，將槍膛內的子彈全都射了出去。

彈夾全部打完，都沒有命中目標，他正準備更換彈夾的時候，一道寒光射入了他的獨目，鄭千川慘叫一聲，眼前頓時陷入一片黑暗，他原本就瞎了一隻眼，這下僅存的好眼也被射瞎，鄭千川已經成了徹底的盲人。鮮血沿著鄭千川的面頰汩汩流出，更顯得他形容恐怖，鄭千川哀嚎道：「誰？你是誰？」

羅獵的拳頭狠狠擊中了他的下頷，將他打得橫飛出去，鄭千川摔倒在地上的時候，手槍也不知飛到了什麼地方，他躺在地上大口大口地喘著氣，心中明白自己刻苦經營的一切恐怕結束了。

羅獵道：「我是羅獵！」

鄭千川道：「羅獵？」他不知羅獵究竟是何時混到了凌天堡內。

羅獵道：「你不是一直都很想殺我？現在我來了。」

鄭千川道：「我明白了……我明白了……原來李長青是你所扮……」因為雙目皆盲，他對聲音反倒變得更加敏感，這才聽出羅獵的聲音和李長青的聲音極其相似，而李長青所謂的傷風感冒只不過是蒙蔽自己的藉口罷了。

羅獵道：「鄭掌櫃看不見的時候頭腦反而更加清楚。」

鄭千川慘然笑道：「好，好！沒想到終究還是被你所乘。」

羅獵道：「此言差矣，我可沒想著害你，如果不是你對我窮追不捨，我又怎會來找你的麻煩？」

鄭千川道：「羅獵，你好本事。」

羅獵道：「鄭掌櫃你也好陰險，我不找你倒還算了，你居然對我步步緊逼，究竟是鄭萬仁讓你這麼做，還是日本人讓你這麼做？」

請續看《替天行盜》第二輯卷四　核心科技

替天行盜II 卷3 絕情絕殺

作者：石章魚
發行人：陳曉林
出版所：風雲時代出版股份有限公司
地址：10576台北市民生東路五段178號7樓之3
電話：(02) 2756-0949
傳真：(02) 2765-3799
執行主編：劉宇青
美術設計：許惠芳
行銷企劃：林安莉
業務總監：張瑋鳳

初版日期：2022年4月
版權授權：閱文集團
ISBN ：978-626-7025-58-1
風雲書網：http://www.eastbooks.com.tw
官方部落格：http://eastbooks.pixnet.net/blog
Facebook：http://www.facebook.com/h7560949
E-mail：h7560949@ms15.hinet.net
劃撥帳號：12043291
戶名：風雲時代出版股份有限公司

風雲發行所：33373桃園市龜山區公西村2鄰復興街304巷96號
電話：(03) 318-1378
傳真：(03) 318-1378
法律顧問：永然法律事務所 李永然律師
北辰著作權事務所 蕭雄淋律師

行政院新聞局局版台業字第3595號 營利事業統一編號22759935

定價：290元

國家圖書館出版品預行編目資料

替天行盜 第二輯 ／石章魚 著. -- 臺北市：風雲時代出版股份有限公司，2022.02- 冊；公分

ISBN 978-626-7025-58-1（第3冊；平裝）

857.7 110022741